寻找
行走的诗意

陈元邦 著

海峡出版发行集团
海峡文艺出版社

目录

新年第一缕阳光照进树林 / 1

春色 / 2

春好作梦 / 4

春天里的秋色 / 5

落叶 / 7

初春，泊在树上的鸟 / 9

候鸟回来了 / 10

雨晨 / 12

晨之美 / 13

攀讲 / 16

游进心底的鱼儿 / 19

晨阳如花 / 20

晨阳绿野 / 21

种子　太阳 / 22

光影造景 / 23

幕墙映阳 / 25

闽江情愫 / 27

江天一色 / 30

江中的那条堤 / 31

晨时树桩 / 32

泊在树桩上的鸥鸟 / 33

泊在雕塑上的鸟儿 / 35

旭阳映江湖 / 36

云在燃烧着 / 38

云朵在挽留太阳 / 41

美景遐思 / 43

白昼的月 / 44

午后月儿 / 45

花海夜色 / 47

视角 / 49

黎明时分的那轮弦月 / 51

醉在五月的"花海" / 53

桥墩下的花 / 57

向日葵 / 58

麦田 / 60

盛夏的云 / 61

冬意 / 63

福州的雪 / 65

儿时对故乡的印象 / 67

遐思上下杭 / 72

吮吸福州文气 / 74

文庙前的遐思 / 85

拗九节里的"甜粥" / 86

城市树花 / 88

樱花梦 / 90

夏日,有荷送凉 / 93

冬日的荷田 / 95

那片荷花 / 97

又惦永泰梅花 / 99

只要有土,便会有花 / 101

大喜锦绣 / 103

母亲河 / 106

含情的古榕树 / 108

月照竹林疏　洲映李花白 / 110

"培奋到村"的思想沉淀 / 112

这山,流淌茶的情丝 / 116

九野的雾 / 118

渔村"海味" /119

湄洲岛上看日出 /123

梦 /127

清晨，漫步古城墙 /129

常口短章 /132

看古楼 逛古街 品美食
——"武夷梦华录"游历记 /137

美：天村稠岭 佛子山 /143

竹篱笆下的花 /151

林中素描 /153

"小黄山"之遐思 /154

温润和静的松溪 /156

夕照梅口埠 /158

梅口埠吟 /160

闽东短章（四篇） /161

霞浦花竹村 /170

岛之眼 /172

没有人，能够把世间美景览尽 /174

南岩雾中桃花 /175

桃花三月访南岩 /176

又识桃林 /178

翠屏湖畔一个小山村 / 180

利洋炮弹柿吟 / 182

夜宿四坪 / 183

四坪的柿子何以出圈（外三篇） / 186

雪后红柿的遐思 / 193

心路 / 195

走进心灵故园
　　——漈下印象 / 197

柏源梯田　柏源村 / 203

悠悠水车 / 206

珍视田土 / 209

乡村的新村民 / 211

我体会的乡村 / 214

金辉中的沧桑 / 216

祠堂与辈分联 / 218

乡村老宅上的拉扣 / 221

"钩心斗角"之断想 / 222

守望土地 / 223

炉火 / 225

鸟儿和屋脊翘角 / 227

花语土墙 / 229

乡村夜色中的花 / 230

灯光如眼 / 232

文昌阁遐思 / 233

大溪头的"溪" / 240

山之柔美 / 242

独坐山林 / 244

双生石 / 246

观瀑遐思 / 248

明媚 / 250

角度 / 251

逆光之美 / 252

美在瞬间的光影有如水墨丹青 / 253

随祖杰镜头看风景

  ——欣赏《行摄随想》随笔 / 256

遇到就是缘分 / 260

新年第一缕阳光照进树林

新年的第一天,一缕阳光穿过了林子,七彩的光影,将晨雾映得斑斓。望着这光影,愉悦从心底涌起。我们用瑞雪迎接春的到来,我们又在阳光中走进新的一年。我站在鼓山观景台上,极目远眺,天朗气清,云蒸霞蔚,一派欣荣气象。

新的一年在明媚阳光中开启,让人看了,充满生机与活力。我喜欢阳光,它与瑞雪一样,都代表着好兆头。用阳光开启新年,便开启了一年明媚。我喜欢阳光,它代表着朝气与活力。用阳光开启新年,新年的日子一定阳光普照。

阳光穿过林子,小鸟在林中鸣叫,宛如晨曲,不时地还有远处传来的清脆悦耳的钟声,在林间回荡。鸣叫与钟声交织,这是伴随晨时阳光的祝福之声。

光在流淌,音在流淌,流进我的心底。我的心中,幸福在流淌。

春　色

癸卯腊月廿五，甲辰春节还未至，立春抢在春节之前匆匆到来。这一日，烟雨蒙蒙，细雨落在江面上。晚饭后撑着伞出门散步，雨依旧落着。在沿街长长的灯笼映照下，五颜六色的雨丝落在地面。望着细雨，我心里想，这大概算是春雨了吧！不知道这雨能下多久。风夹着雨，让人觉得有些寒冷。难怪有人把初春的雨称作寒雨。

一夜寒雨过，曙光东边出。出乎我的意料，第二天，雨住了，太阳升起的地方朝霞辉映，立春后的第一缕阳光穿过云彩。这着实让我有些意外，昨夜的那场雨就这样在黑夜中悄悄离去。

晨阳映在对面的山，映在了江，映在了湖。映入眼帘的景象是一碧如洗，不染一点尘埃。正是涨潮时，江水淡淡的蓝又有些许粉白。一叶轻舟自在地漂泊在江上，舟上渔翁正拉起了渔网。堤岸上那几棵树，有的已经落尽了叶，有的还挂着些泛黄的叶，阳光把他们照得周身白中带着金色。芦花和其他各种叫不上名的草木，只要阳光照拂，就特别的鲜亮，光亮被青绿衬托，格外分明。那一丛深红，有如画龙点睛般，点活了江景。这些年来，常常眺望这江景，这般透彻空灵的景色，印象中还是第一次见到。朋友看了图后说，好美啊，宛如一幅油画。

这景在晨时的九十点发生了变化。有不少网友惊叹，福州的天空出现了奇观。网友上传了视频：有的云流宛若波流翻滚席卷而来，有的又如瀑布从天而落，有网友称之为"银河落九天"。我望着鼓山，整个长长的山脊被白云笼罩着，白白的云，似波浪翻卷，透着磅礴之势。

立春后，不到二十四小时，福州经历了潇潇春雨，历了明媚春光，又遇上了不多见的天色奇观。不论是雨，是阳光，还是浓云翻卷，都是春色。

春好作梦

她陶醉了，陶醉在这片花海之中，陶醉在这清新之中，陶醉在自己的梦醉之中。记得宋代文学家欧阳修在《醉翁亭记》中写道："人知从太守游而乐，而不知太守之乐其乐也。"我以为，人处花海皆乐，然又好似各乐其乐、乐人之乐、乐乐与共。

人因花聚，人因花乐。春节前花海公园油菜花盛开，加上天公作美、天朗气清，成了游玩佳处。扶老携幼的，朋友相约的，欢声笑语，在花丛中千姿百态、各展风姿。此时的花，一定也与游人同乐。有人，花不寂寞。

花不醉人人自醉。开在春节的油菜花，让人有着无尽的遐思。这位女子，着红衣，身在花丛，手指轻捏着花，面向蓝天，陶醉于花丛，可以看出她满满的幸福感。她幸福地享受着花的芳香、花的艳丽，幸福地仰望蓝天，想象美好的未来。我猜想，这想象如天际般的寥廓和蔚蓝，这想象如梦，是女子脑海中的一幅蓝图。

春好作梦。新桃换旧符，万象始更新。一年之始，心中有梦，就有憧憬。怀梦前行，相信好梦都能成真。

春天里的秋色

我一直以为，绿色属于春天，金色应当属于秋天。不是吗？人们总是把秋天比喻成金秋，把春天描绘成万树吐绿。可是，我走在福州的许多街道上，走到公园里，仿佛又走进了秋天，映入我的眼帘的是满树的金黄，长长的一列，在阳光的映照下，每片叶儿都是透亮透亮的，鲜活而灵动。

在福州，不只可见金黄的秋景，还可见到春风扫落叶的景致。我住的那片小区内和小区所在的街道上，种植着我喊不出名的树木，无论夏、秋，还是冬，满树绿叶，遮阴避暑。可到了春暖花开之时，这树就要举行一年一度的换装盛典。春风把绿叶吹成了满树金黄，又在很短的时间内落尽树叶。落叶落在了马路上，落在了小区的公共区域，好像秋天落叶落在大地，一派秋天的景色。在三五天的时间里，这些树木又披上新绿，绿意盎然。这换装的过程，演绎了秋景，展示了春意，而始作俑者，春风也。

我望着满树黄叶，望着遍地金黄。心想，人都说，秋风扫落叶，秋叶落后的树，光秃秃的枝丫，在冬寒中俏立，在冬寒中积蓄等待春的吐绿。而这些树，经住了秋风，熬过了冬天，却在春风与春光的拂照下将绿染成了黄，选择了在春暖花开之时换装，营造出春天中的秋意。

也许是爱，使这树坚毅地挺过秋天，在冬天依旧苍绿。春来时，春触到了树的心灵深处，树感受到春天的温暖，内心的沉积一下迸发出来。于是，有的树经历了短暂的金黄后在春风中变得翠绿，有的树快速地变黄落尽，换上了新装。

春有秋色，成了这座城的一道景。

落　叶

一阵风，树上几片叶子飘落，这些叶子的面貌被春风滋润得嫣红。片片落叶静静地卧在街道的石板路面上，仰望着树，多少带着不舍，让人看了，便明白这树与落叶的关系。

又一阵风吹来，风很柔和，但也足以吹动落在地面上的落叶。它们翻卷着，卷得很轻快，有时还让人觉得有些跳跃。

一片落叶可能卷得有些放情，卷到了远处，孤寂地卧在了一块淡红色的砖面上。它或许等待着又一阵风，飘向远处，或许是等待环卫工人将它带走。

这片落叶，很随意，不带任何做作，没有任何的伤悲，甚至带着温情，给我想象。

我用手机拍下了这片落叶，制作了这张图片，慢慢地欣赏，很美，很宁静，但又似乎有着一种总想冲破压抑的躁动。在我的心底，它不再是一片落叶：

它像一双抹着口红的唇，这口红，嫣红的。可以想象，它的活力，它的妩媚，甚至有几分妖冶。

它像一道被剖开表皮让人见到深层的肌肤，带着血色。虽是剖开的一道口子，但让人看到了内心，它在深情表白，言语温馨。

一张圆圆的脸，一张孩儿似的樱桃小嘴，让人感到了稚嫩，带着童真。我很想在这红红的小嘴上添上两道细细的眉毛，让它更形象。但我又害怕，添上去后，太直白了，抑制了我的想象。

我静静地欣赏这张图，想象着这张图，晨阳映进了窗子，带着些许金辉。

初春，泊在树上的鸟

甲辰的初春，天气晴朗，天气也还温暖。可树还只是光秃秃的枝丫。清晨时光，一只鸟儿从远处飞来，泊在树上，时而在树丫间跳跃，好欢快；时而静静地在枝丫上用嘴啄着自己的羽毛，不时发出愉悦的鸣叫。鸟在鸣春，在唤春，期待发芽吐绿，期待绿树成荫。

我静静地望着那只鸟儿，不知是我的恍惚，还是错觉，这不是满树皆鸟吗？树丫上，泊着许许多多的鸟儿。阳光还没有照进的树影，素面朝天，透着几分萧疏又有几分淡泊。我仔细瞧瞧，原来它们是经历了一个冬天的枯叶，这些枯叶，没随风落去，依旧挂在树丫上，与那泊在树丫上的鸟儿一块等待春的来临。

不一会儿，鸟儿飞去，不一会儿，又一只鸟儿飞来。一场春雨，一阵春风，树上的那些叶也将飘落而下，化作春泥。

萧疏素淡的景，是初春的景，这景，也是春色。

候鸟回来了

早晨,我站在窗前,眺望着远处的闽江。晨阳洒在江上和江中的长堤上,江水波光潋滟。好美啊!又是阳光灿烂的一天,心里感叹。

远处传来几声鸣叫,我举目眺望,一行鸟儿正从鼓山大桥飞来。回来了,回来了,我心底一阵欣喜。昨天心里还在自问,候鸟应当要回来了吧!

我至今还喊不出这鸟儿的名字。这些年来,我无数次地站在窗前,看着鸟儿列阵从眼前由东而西飞过,人字形队列,阵势庞大,几乎与闽江的宽度相同,队形井然有序,尽显优美。

我想,鸟儿不曾进行过这样的队列训练,这是鸟儿与生俱来的本能,也可以说是遗传带来的"团队"基因,让它们自觉地跟随"团队"。

我望着从东而西的"鸟阵",望着那只领头的鸟儿,心里琢磨,谁赋予它领头的"权利",鸟儿们肯定不会开会选举,它又是怎样召集起这只庞大的队伍。

我估摸了一下,"鸟阵"起码也是由几百只鸟组成的吧。我曾用相机将它们拍下。在相机里,他们变成一个个黑点,无法计数。也许它们心灵契合,在早晨的某个点,听到熟悉的鸣唤,腾跃而起,自然地集合,自觉在列入"鸟阵"。

我站在窗前,注视"鸟阵"渐飞渐近。"鸟阵"的行旅中,有些零散的鸟儿夹塞加入了"鸟阵",也有些鸟儿脱离了队伍,另外组队向着别处飞去。不时,鸟儿的鸣叫声传入耳际。我不知道,这声音是不是来自领头的鸟儿,它也许是用这声音招呼、凝聚它的团队。

这"鸟阵"飞向何处,它们飞往的方向是城里。这城市哪处可以容纳下这庞大的"鸟阵",是于山、乌山,还是金鸡山,抑或是城市其他的某个公园,或者是越过城市到闽侯某个湿地,在那里捕食、觅食,度过一个白日。

鸟儿也知道日出而作,日落而息。每个傍晚,"鸟阵"又会从窗前飞过,只是阵势不如早晨那样庞大,但批次却多了。他们沿着早晨飞行路线返回,回到了它们夜间的栖息地,那片栖息地,是鼓山的林子,还是长乐的湿地,抑或都有。

明天,太阳升起时,鸟儿又将形成人字队列,从我的窗前飞过。我心里突然有些"自豪",神情也有些严肃起来,我向着这造型极为优美的"鸟阵"行上我的注目礼。

我问鸟儿,在福州过冬,可好?

雨　晨

也许你看了这图片,会认为,这是一个天朗气清的晨曦!可我要告诉你,这是一个烟雨濛濛的晨曦,我拍下这张图片时,雨还在滴答滴答下着。

这样的景色,是云与城市灯火、黎明的光交织出的光影。天际斑斓处,正是灯火把城市染得绚烂,仿佛依偎其中,温馨浪漫。看上去仿佛是清朗的夜空,其实也是光的作用,把淡淡的雾晕染成淡蓝。

一座城,似一位美女子在睡梦中,宁静而温馨。

夜幕渐渐拉开,夜的灯火也已熄灭,我见到了晨曦这座城的另一番景象,一位刚从睡梦中醒来,尚是素颜的美女子。虽是素颜,她的气质也让我为之倾倒。

雨在淅淅沥沥地下着,我的脑海依旧想着灯火阑珊中的城市画面,这画面,唯烟雨独有。

晨之美

喜欢早起,一个很重要的原因,就是想欣赏晨曦之美。

昨天,又与往常一样,起了个大早。推开窗子,昨夜还有些零星小雨,今晨夜色特别清朗。弯弯的月儿高高悬在空中,几朵云儿飘在晨阳将在跃起的地方,淡淡的霞光将云染得微红,江边的灯火依旧绽放,灯火倒映闽江上,添了这江岸的斑斓。亮了一夜的灯火像坚守岗位的战士,在黎明时分依旧睁着眼睛,给江岸带来安宁。倒映江水的灯火却像一个顽皮的孩子,在水波中轻摇,眨着眼睛。街路上,不时有车子急驶而过,洒水车放着悠扬的音乐慢慢行驶,传入耳际的还有清脆的鸟鸣声。

好寂静的江岸啊!一座城在这黎明中孕育着躁动。黑夜,孕育着日;而白日,又孕育着夜。阴与阳就是这样交错互动,相互孕育。交错与孕育,便有了一日。

晨霞把太阳将要升起的地方染得一片金晖,夜色已经褪去,鱼鳞似的云挂在了天空。我好生奇怪,这云是从哪儿跑出来的?刚才不是还风轻云淡吗?太阳从鼓山云顶露了出来，也许是有薄云的笼罩，阳光不像往日那样，刚露头就让人觉得有些刺眼。晨阳渐渐升高，阳光泼洒在江边的建筑，泼洒在江水中，泼洒在江渚上，无处不金晖啊！一叶小舟，逆流而上，犁开了江水，卷起了朵朵浪花。那花，金晖中还有晶莹。阳光映在了江边高楼的玻璃幕墙上，幕墙又倒映在水中，江水中有了好几颗晨阳。

去了花海公园，不少的人已经沐着阳光晨练，跑步的，散步的，打太极拳的，骑自行车的……经过一夜休息的人，开启健身。睡是静，练是动，倘若把睡眠视为阴，那运动则为阳，又是阴阳相生也。走在公园的小道上，吮吸清新空气，欣赏虽有些凋零但依旧鲜艳的波斯菊和独立在开在波斯菊中的向日葵。这葵花，可谓一枝独秀，让人生羡。俯下身子仰头望着波斯菊，这菊在蓝天白云间摇曳。这花旺盛时，我每天都望着这花，多是平视，看到了一片连绵锦绣的花海。今天，换个视角看花，花虽不是那样茂盛，但又有了新的意境，有着另一种的美。

目光从鲜花转向江水，由近及远，晨阳照在了近处的草地上，有的青绿，有的金黄。此时的江水已不如刚才那般金晖，江水清澈碧蓝。这蓝，既有水之蓝，亦有天之蓝。还有白云在水中轻轻地晃动，对面那些高楼朦朦胧胧的，带着含蓄，也带着几分羞涩。这样的景色，透着一种中和美，是阴与阳的交融后的美。这美,美得含蓄,美有韵致。

晨之美,是变幻中的美,从黎明红霞映天到晨阳升起,每时每刻,景色都在变幻。我在变幻中,去理解"一日之季在于晨"的含义。

攀　讲

清晨的公园里，几位上了年纪的人坐在荷花池边的栈桥上纳凉闲聊。你一言，我一语，聊着正欢。

我有些诧异地看了看手机，才早晨六点多，他们已经聚集于此。我站在一旁，听着他们用纯正的福州话聊着，内容很广泛，有听到的社会新闻，有某个熟人的近况……我明白了，他们都是乡里乡亲，都是一个村的村民。如今，他们住进了不同的社区、不同的楼宇，但是发小的情结尤存于心。于是，他们利用这晨练时光相聚于此，相聚聊天，从家里走到公园，需要好长的一段时间。

听着老人们的聊天，我想起了福州话的"攀讲"，这是福州人的一种生活方式。闲时，或坐在村头，或聚在桥上，微风徐吹，大家就这样闲聊着。20世纪90年代，福州的老工人文化宫就是一个"攀讲"的胜地。每日下午，那里都会聚焦许多老人，三五成群地"攀讲"，声如洪钟。

如果说"攀讲"与"聊天"有什么区别，"攀讲"不是窃窃私语，他们之间可能不是朋友，甚至也不是熟人，没有特定对象，只要你愿意，都可以加入其中。走进许多村落，几乎每个村都有一处村民聚集的地方，或是村里某棵大树下，或是村中的小卖部门前，或是横跨沟壑的廊桥上……这个场所是村民在日常生活中不知不觉中形成的。如果要我给这种"攀讲"做个定位，它好似介于"沙龙"与"聊天"之间，氛围很宽松，往往一个人起了个话头，大家感兴趣，就围绕这个话题聊下去，如果另一个人转换了话题，大家又感兴趣，聊天的"频道"又顺其自然地转换。这种的"攀讲"往往是心声的自然流露，对一个问题看法的真实表达，是信息的沟通，是情感的交流。

这种"攀讲"，来时，不需要事先预约，走时，不需要打个招呼，一切都是那样随性、随意、率真、宽松。来时，没有人为你让座；走时，没有人对你挽留。在这里，可以为一个问题争得面红耳赤，但顷刻间又祥和一片，没有人争个你高我低、你是我非。

曾在福州城郊的一个村落见到这样一幕，刚吃罢晚饭，男主人用福州话告诉女主人，我去"攀讲"下，女主人则回应，你先去，我等下就去。用福州方言说出这话，特别有韵味。

在福州话中，"攀讲"的另一种说法是"拱趴"，闲时"攀讲""拱趴"，是一种休闲方式。信息时代替代不了人与人面对面地"攀讲"。海阔天空地"攀讲",在"攀讲"中度过时光,心生愉悦。

　　晨阳渐渐升高,老人们各自散步回家,又开始了他们的晨练……

游进心底的鱼儿

被清晨天际变幻的景色所迷，近一个小时的时间，如同欣赏风光片一样欣赏这风景。在欣赏中，感受瞬息变化、色彩氤氲，去享受遨游天际的闲适……

晨阳渐渐升起，当我从这片景色中回过神来，发现今儿的文字还没写，于是，用了一幅今晨拍摄的图，与你同赏。

不过也发现，人有不淡定的时候，为"色"所迷，这"色"是景色，是大自然给予一个早起者的礼物。

好好享受。

晨阳如花

有一种花叫太阳花。这花,喜欢阳光,向着阳光开放。遇见阳光,花开得鲜艳蓬勃。如有微风吹拂,花便在阳光下婀娜轻摇。

早上推开窗子,远眺东边。鼓岭山脉,山色如黛,天际嫣红。晨阳未露面,已把天际晕红,晨雾不染,天色清明。一会儿,晨阳微微探出了头,渐渐地从一条弧线成为半个圆,直到一个圆。在太阳升起的过程中,在晨阳的边上形成了一道又一道的祥光。我拿起手机,拍下一张晨阳升起的照片。晨阳如花,我自言自语地说道。

在我的手机中,晨阳成了花蕾,阳光印出了花瓣,淡淡的,晶莹透彻。花瓣,托着晨阳,绽开在山脊之上,光芒四射。

望着晨阳,望着如花的太阳,愉悦的我,心亦如花。晨阳如花,这花,是吉祥花。

晨阳绿野

晨阳洒在这片绿野上,阳光柔和,云儿好像给蓝天涂抹子脂霜,白中透着蓝,蓝中又含着白,万物清新而明媚。

阳光柔和,原野的景色也是柔和的。即使是青绿,但青绿的色彩也丰富。树下的那片绿,深绿中带着些许辉光。荷塘中的荷叶翠绿,露水沾着荷叶,阳光映照得晶莹。赭色的堤岸点缀绿间,让绿跳跃了起来。远处的楼宇与天际交融。几叶树枝低垂,呼应了树下的这片绿地。

在这片绿叶中行走,也要绿野中倾听。

叽叽叽的知了声连绵不绝,荷塘里的蛙声此起彼伏,还有树上鸟儿的清脆鸣叫。这声音的交融,似一首非常清幽的晨曲,一首天然生成的和声乐曲,滑入心底,滋润心底。

行走在晨阳拂照的原野中,享受晨野之景、晨野之声,享受大自然给予人类的福利。

朋友读了,写了这样一段文字:"或信步其间,或在绿荫下小坐。熏风轻拂,鸟儿啁啾,蝉和蛙们也不甘寂寞,迫不及待地放声高歌,组成一曲仲夏交响乐,让人陶醉其中。"

种子　太阳

乍看上去，这是晨阳或者夕阳映照在沙滩上，沙滩是金色的，明暗分明，有一块仿佛被浪浸润过，特别的湿润，好似泛着油光。可这不是海边的沙滩，也不是滩涂。它是天上的云。

那一天，我透过窗子望东边，厚厚的云彩层层叠叠，晨阳在云彩间穿梭，时而串穿出云间，时而又躲在云彩的背后，云彩被晨阳的光芒染成了金色。你看，在沙滩的下边，太阳正从云彩间穿出来，如一粒种子，金灿灿的，淹没在云彩中。鱼鄰般的云看上去仿佛是我在平潭龙王头见到的那番景色，沙滩一片金色，湛蓝的天和白色的云倒映在被浪袭过的沙滩，让人看了皆叹美艳。

我用手机拍下了这般景色，反复地欣赏。我自问，这是天上的云吗？看了照片，我还是有些怀疑。

光影造景

一日之美，美在晨时与黄昏。然晨曦之美与黄昏之美又有不同，黄昏虽美，但美在夕阳，让人看了，多少有些伤感，有些惆怅。心境恰如"夕阳无限好，只是近黄昏"。而晨曦之美，美在一日之始，蓬勃而富有朝气，美得让人心生活力。

清晨，路灯还没有熄灭，太阳升起的那个地方已是朝霞映天，远眺鼓山顶峰，流光溢彩，不一会儿，光影又变得金碧辉煌。光影倒影江湖，湖光山色，树影栈桥，曲水流觞，人的心情如水中斑斓微波一般，泛着涟漪。

选一个高处坐着，静静地望着鼓山之巅景色的变化。这处景色，每天都对眼相看，却"相看两不厌"。今日光影更是诱人，相看生悦，生情。

光影造景，山依旧是那座山，顶还是那个顶，光影在变，山也在变，景也在变，之所以相看不厌，是因为映入眼帘的景是新景。观景何须踏足寻，守望静观百影现。

晨时金碧霞光之上湛蓝如海，一条鱼儿缓缓游动，向着那片辉煌而去。时而如呈盘龙状，搅动云彩，龙身格外金晖，充满生气。时而云翻着袭来，卷起层层波浪，云卷云舒，五色墨韵尽显，好美的一幅山水画。时而云如镶了金边的流瀑，从鼓山最高峰流淌而下，如一位卧躺的人沐浴在金晖之中。

晨阳渐渐地升高，躲进了一片云中，俯视江面，平流云贴着江面流淌而来。再望鼓山之巅，金晖不再，湛蓝的天飘浮羽般的云，空灵舒朗。

一日中，晨曦撩开夜幕，夕阳落下时又轻轻在将夜幕拉上，一个温柔地唤人醒，一个温情地催人息。这时的光，温柔而丰富。相反地，日头当空时，总会让人觉得刚之有余而柔不足。可是，日头当空时，却是一日最盛时。换句话说，晨曦，走向日当午；夕阳，带着日当午的沉淀。

爱晨曦，爱黄昏，也爱日头当空的那番景致。

幕墙映阳

在水中，可以望见天光云影，在高楼的幕墙上，可以望见夕阳。夕阳如柱，映在幕墙上，如海市蜃楼。

古诗云"秋水共长天一色"，观水赏月，一半是实，一半是虚，虚实相生。

幕墙上的景色却是另一种表现形式。夕阳斜映在幕墙上，这束光，将它所映照的景物一并投在了墙上，江水、桥梁、楼宇……景物层层叠加，组合成一派新景。只是幕墙太小，无法装下夕阳下的这片辉煌。

在江水中看天光云影，移步换景，江水有多长，倒影就有多长，日有日倒景，月有月倒影。而幕墙上的景色，是投影，在投的过程中，夕阳用光对景物进行了晕染，有如一位画家在幕墙上做出新画。

在夕阳下，久久地欣赏。明天，在幕墙的另一面，欣赏晨阳投在幕墙的景色……

早起，推开窗子，天际景色一下惊艳了我：天刚微明，云彩已经挂在对面的峰顶，如鸟儿振翅，又如一团火在燃烧，烧沸了一座城。

黛墨的山，仿佛还带着睡意，依旧沉寂，路灯尚未熄去。灯未熄，夜未尽，多少人还在睡意蒙眬中。为这霞叹息，此等美景谁来赏。

俯视江水，满江嫣红，泛着微波，湖堤倒影，江水与长天共色，水悠悠，脉脉与天语：一在天，一在地，虽各处一方，然也息息相通、心心相印。天吸附江海之水，化为云雨，从天而落，雨水即"天水"。江河汇聚万千沟壑之水，一路向海。水就是这样连接着天与地，地承载着天，天又盖着地。

霞光漫天，骄阳蒸发水气。凝望江水，我有些不解，海水本是咸的，可下的雨总是淡的，天地之间转化，化为甘露，大自然就是这样神奇。天、地、人，相互依存，相互适应。

朋友看了这些图片后感叹地说："天地间的一幅流金溢彩的画卷，堪称大自然赠予人间最动人心魄的视觉盛宴。"

我也有同感。

闽江情愫

一

我喜欢沐着晨曦去闽江之心。在这里，听船笛声，观鸥鹭翱翔，看太阳冉冉升起、江色斑斓。晨时的闽江之心，在晨曦中躁动，宁静而充满活力。

我喜欢在白日里去闽江之心，不论是晴天，还是阴天，不论是风，还是雨。撑一把油纸伞，随意地走在解放大桥上，在我的眼中，浮现的是万寿桥和那万帆泊岸的情景。我眺望闽江，想起了余光中先生的"不知道哪一张旧船票，能够登上你的客船"。我想起了母亲给我讲的故事。我漫步茉莉大街，坐在春伦茶客厅，品着茉莉花茶。我品到了传统的茶味，又品到了茶的时尚。我望着对岸的烟台山，想着不远之处的上下杭。我想起了台江的由来。福州，自治城始，择闽江筑城，逐江而扩城，跨江而拓展，面江向海，东扩南进，气势如虹。

我喜欢黄昏去闽江之心，一睹苍霞落日的诗意美景。晚霞映江，那一少女，身穿一袭白色长裙，在青年会旁的闽江岸边，拉着小提琴，琴声悠悠，吹皱了江水，吹动了天边云彩。

我喜欢趁着夜色去闽江之心，或是在那里登上游轮，赏闽江两岸的灯光秀，或是徜徉于茉莉大街，驻足看看那里的各式各样的精彩演出。夜的闽江浪漫又时尚。此时，我想起了辛弃疾"众里寻他千百度，蓦然回首，那人却在，灯火阑珊处"。

二

我看到闽江，心潮就开始澎湃，就会伫立在那儿，静静地望着，看江水潺水，聆听微波细雨。昨天，我在动车上又一次望见闽江。我被闽江的美色惊艳了。淡蓝的江水，蓝中还带着粉白，近处褐色沙洲带着冬的寒意。江天之间，镶着一座桥梁、几幢楼宇。好明净啊！心里顿时赞叹。动车以每小时近两百公里的速度奔驰，我用相机透过窗户，拍下明净如洗的闽江。

闽江是清澈的，清澈的闽江带着柔意、爱意，让我对闽江总有几分割不断的情愫。想起毛泽东主席诗句："寥廓江天万里霜"。眼前的江天，带着南方的冬意。江水平远，景色如画。

在动车上望闽江，闽江如惊鸿一瞥，此地眺闽江，天朗江水阔。

三

清晨，我总会从高处静静地望着这座湖。闲暇时，我总喜欢在堤岸上散步。最喜欢站在堤岸边的水闸上，退潮时看着湖水从闸口哗哗地流向江中，涨潮时看着江水从闸口涌入湖中。湖很美，三角梅的嫣红，远处高楼的倒影，芦苇轻扬，鸥鹭翱翔，湖水碧蓝，水波不惊。夜晚，闽江灯光秀的倒影，令江水斑斓、湖水斑斓。这闸，牵江达湖。湖水更新，赖有江水。我非常感念先人的智慧，巧妙地利用湖与江的落差，在潮涨潮落间，湖水得以更新。最早，这里本是湿地，湖泊纵横，人们在湖泊中养殖。洪水侵袭时，这里又是蓄洪区。如今，随着城市的发展，这里建起了公园，成了人们休闲之所、观花赏景之地。在其他地方，还有很多水闸静静地立在江与湖之间的堤岸上。这种闸口，人来人往，却少有人关注。有时，我在想，有多少人知道这湖水怎么更新，知道潮涨潮落的原理吗？我很渴望见到这样一幕情景：年轻的父母在这水闸口，给孩子讲讲这水闸中蕴含的智慧，讲讲潮涨潮落在生活中的运用。

江天一色

古人云："秋水与长天一色。"读罢，眼前浮现出一副天朗气清、壮阔清新的图景。猜想着这秋水一定清澈如镜，这长天大概率也是蓝天中飘着云朵。

江天一色，其实是天色决定江色。天色可以倒映江中，让我们可以在江中欣赏霞色，欣赏月色，欣赏飘浮的云彩……天际的变幻，可以在江中望见。天倘若乌云密布，阴沉沉的，即使再湛蓝的江色也会变得不是那样透彻。

有些时候，江天不是一色的。前些日子，急雨连日，山洪频现，雨裹着泥汇入江河，江水是黄的。雨住了，天蓝了，可是江中望不见天的倒映。何也，水浊矣。水清澈如镜，方见倒影。

倒影，是单向的，江天之色决定水之色。许多时候，天际浓云，江水碧绿，然碧绿的江水却不能倒映苍穹，因江水湛蓝天也湛蓝。

其实，古代诗人早已用诗将秋水与长天的关系说得透彻，是秋水与长天共一色，而非长天与秋水共一色。此序，不可倒置也。

江中的那条堤

潮退去了,江中显露出一条长长的堤。这是为了保证航道的通畅筑起的堤。潮涨时,水漫过了堤,江变得开阔。潮退去,江被堤分割成了两个部分。一部分就是主航道,上游的水主要流经主航道。而另一部分只有几只捕鱼的小舟在浅浅的水面上漂浮。

退潮后的这条堤好似浅浅的沙滩,午后的阳光照耀,沙滩泛着光泽。这长长的沙滩,可是鸥鹭的天堂。鸥鹭们抓住退潮后的时间,纷纷从岸边的树林上、草丛中飞来,泊在这里,享受这午后的暖阳。不时地,有些鸟儿腾飞,在空中低翔,还有些鸟儿,相互嬉闹。正是春节,花海公园里熙熙攘攘,人们赏着开得正艳的油菜花,阳光中的油菜花,黄得光泽透亮。有的人在花丛中,摆起了姿势,当了一回模特。真是鸟之乐不知人之乐,人之乐亦不知鸟之乐。但我以为,人鸟同乐,何问知与不知,人愉悦,鸟亦愉悦,皆乐也。

暮色将临,湖又渐渐涨起,那条堤渐渐隐去,完全淹没在潮水中,鸥鹭们又飞回了树林草丛中,雪白的鸥鹭,好似开出的花朵。

这是鸥鹭们的家园。

晨时树桩

几根树桩，孤寂地浸泡在湖中。几丛荒草，长在树桩之上，晨风吹着，在风中舞蹈。

这树桩，原本是生长在这片土地上的树。这地为了疏浚，也为了美化乡村的需要，将一条溪涧开拓成了湖。那几株树也就留下了树桩，与水相伴。树桩上，长着绿绿的青草。我望着湖中的树桩遐思这些草儿是怎么生长起来的，是鸟儿衔着草儿的种子播在这儿，还是鸟儿用其他方式将种子带到树桩之上，或是风将种子吹到树桩中。种子就这样以树桩为土，生长着。树桩不断地为草儿的生长提供养分，草儿好似在延续树桩的生命。倒影中的草儿，成了这树桩的根，让树"活"出来生气。

晨时的树桩好像把湖当作舞台，舞蹈着，倒影映在湖中，灵动而又优美，婀娜中含着羞涩。它在晨光中用舞蹈抒发情感。

倒映晨霞的湖水斑斓，为这树桩搭建了美丽的舞台。树桩和草儿也用霞光抹上了淡妆，在水中跳着芭蕾舞……

泊在树桩上的鸥鸟

　　这场雨，下了一阵又一阵，一天又一天，从端午前下到了端午后，下得闽江洪水猛涨，下到了这水从清澈到了浑黄，下到了已经分不经潮涨潮落，因为即使到了潮落时，江中的沙洲依旧没在洪水之中，只露出在江水中孤立的航道灯，夜间一闪一闪地。

　　江边的滩涂湿地被浑黄的江水浸没了，一根根竹子或是木桩立在水中，让人看了，心生了怜悯，但又有几分感动，如此弱小的身躯在这滔滔洪水中坚挺着。然而，紧接着一幕映入了我的眼帘。两只鸟儿立于木桩这上，那是两只肚白毛灰的鸥鹭，一副憨态中又带着几分无助。还有几只在空中盘旋，又落到了其他的木桩上。几只鸟儿，时而飞起，时而落下，几根木桩，成了它们栖息的地方。我看了，心一阵一阵地隐隐作痛。这水，什么时候能够退去，让这些鸟儿能够自由漫步栖息的园地啊！

　　没在水中有沙渚和岸边的湿地，本是鸥鸟的乐园，潮落时，可以望见其中泊着许多鸟儿。它们闲适地漫步，觅食。

潮涨时，随潮带来了一些鸟儿喜欢的食物，潮退出，这些食物留在了泥汀之中，潮退后的江渚和湿地，那真是鸟儿们的乐园。鸟儿时泊时飞，时而传来欢快的鸟鸣声，这鸣声，喊醒了晨曦，喊来了叶叶轻舟。

清晨，推开窗子，见到了多日不见的朝霞，多日不见的蔚蓝，天已晴朗，洪水将要退去，我又可以望见退潮后的江渚和湿地，又可以望见鸥鸟，听到叽叽喳喳的欢鸣声。

想象着，心生愉悦。

泊在雕塑上的鸟儿

一只鸟儿泊在公园的雕塑之上，整理着自己的羽毛，一副悠闲自在的神态。

雕塑置在林子与荷池之间的沼泽上。艺术家以福州江海之鱼为造型元素，鱼群盘旋而上，呈螺旋上升之势，表达福州人民万众一心、团结一致、共同拼搏的精神。朝阳辉映，不锈钢制作的雕塑流光溢彩。那只鸟儿站立在鱼群之上，似乎成了这幅作品的一个部分。望着鸟儿，我想到了"新福州人"这个群体。

欣赏这座雕塑，不止于雕塑的本身，我将雕塑置于周边环境里欣赏，读到了鱼之乐、鸟之欢，更感到青绿之美。满眼绿意，清幽盎然、清新养眼。荷花池中，一两朵荷花绽放，还有更多的荷花已经含苞。小树林下，几张青石桌，几把青石凳，等待着，是林下品茗，还是围坐相谈……

蛙声此起彼伏，鸟声欢鸣呼应，鸟与鱼同乐共欢，其乐融融也。

旭阳映江湖

昨天是谷雨，春季的最后一个节气，谷雨过后再无寒。雨生五谷，二十四年节气名称中，唯一带雨字的便是谷雨。谷雨时节应当是多雨时节。

昨天清晨，不仅无雨，也不见前些日子常见的浓云锁山的景象。隔窗望去，鼓岭轮廓分明，山峦明媚，天际间云卷云舒，天朗气清。闽江、花海湖边鸟儿欢鸣，吟唱着春之歌，让人听了，心生愉悦。晨阳从山脊线上爬了上来，穿梭云间。久久地凝视，阳光非常柔和，我静静地望着它渐渐地升高，再升高。

晨阳倒映到了闽江，也倒映到了花海公园的湖中。杭州西湖有处景点叫"三潭印月"。而我见到的应该是晨阳映江湖了，闽江色彩斑斓，湖水潋滟。晨阳在天际慢慢地升高，江中和湖中的晨阳也慢慢移动。这番景致，无法只用湖光山色形容，而是融湖、江、山、桥、楼、天于一体，自然的、人造的，图景的色彩太丰富了，丰富中带着晨阳金晖的富贵。

不止有鼓山,有江湖,还有横亘闽江的鼓山大桥、花海公园架于湖上的栈桥、建于湖堤之畔的亭台都沐浴在柔和的晨阳之下。

一只轻舟从江面溯流而来,小舟现在了晨阳倒映之中,几只鸥鹭惊起,江与湖一下活跃起来,充盈着生气。

我想起了湖中的那几只黑天鹅,它们是不是畅游在晨阳映照的湖光之中?

云在燃烧着

云在燃烧,烧在山峦,烧在海上,烧在苍穹,也烧在我心间,烧得我心底沸腾。

云会烧吗?会的。网络上是这样说的,火烧云是指日出或日落时出现的赤色云霞,是大气变化的现象之一。这种如火烧的云彩,我们将它称作火烧云。

曾经去过海南的海口,下榻的宾馆坐落在海边。那日黄昏,去了沙滩,天边的晚霞如火样燃烧。火舌席卷有如海浪一般,一浪接着一浪。火舌烧得海水也如钢水流淌。海面上泛着涟漪,一叶小舟在海面上飘上。火舌烧在棕榈树上,风在卷着,树叶也在卷着,火也在卷着,它们都在黄昏中欢舞。火也燃烧着沙滩,火色渗透进了沙的肌体。见到这般景色,已经是十多年前的事,但它没有因岁月流逝被忘记,相反地,越来越清晰。

也曾经站在福建最高峰黄岗山看云彩。在那里,我体会到了什么叫作气象万千,什么叫作变幻莫测。站在山顶,三百六十度转动身子,伸手可触雨,眼前可见阳,东边太阳西边雨。时而是天高云低、天色湛蓝，时而又是浓云翻卷、时晴时雨。群山绵绵，云雾时而遮掩群山，时而又撩开面纱，犹抱琵琶半遮面，山带羞色。时而这缭绕的云，又如火一样，燃烧着山峦。那番景色，让我想起儿时见过的炼山。这天边的火烧得很温柔。

还曾经在福州花海公园见过火样的天空，它如一块红色的布幔，与闽江畔的灯光秀一起辉映江水，特别的美丽。

云在燃烧着，烧出了火红，红得动感。

一个朋友读了这段文字，发来了他的读后感："广袤苍穹，变幻莫测，时而红火，时而苍凉。"这不就是人间世事的映照吗？当无力左右一切时，那就以坐看云起时的心态处之。

坐看云起时，好感悟也。这是经历沧桑、处于黄昏的夕阳人才有的体会。对于尚在人生旅途上拼搏奋进的人，还是以云卷云舒，尽在变幻中，淡然看云，但不可漠然赏云，莫悲弃，一切皆可能的心态处之。

尚走在拼搏路上的人，尚能拼搏，何言无力？

已是黄昏，夕阳挂在热火朝天的建设工地上。因为正在建设，高楼还没有拔起，在空旷的工地上矗立着一座又一座塔吊或是桩机。不知怎的，耳际萦绕着《外婆的澎湖湾》，好亲切的歌声。

夕阳，桩机，树叶婆娑。这夕阳，仿佛是挂在了海平面上，桩机仿佛是轮船上的桅杆。白色的夕阳镶着金碧辉煌的边。夕阳之下，几道云彩，又如海岸边卷起的浪花，袭来了，又退去，退去了，又袭来。一条龙正腾跃在夕阳的上方，舞动着，生机勃勃。

注目着桩机，它多么想挽留住夕阳。可是，夕阳依旧按照自己的轨迹走。太阳说，夕阳与朝阳同在，正如在黎明时光期待晨阳一样，我看是晨阳，而地球另半边人的眼里，它是夕阳。

夕阳从桩机上继续下行，深情地吻着桩机，那深情，熔化了钢铸的桩机。

领略夕阳，领略它的温馨与多情。

朋友给我以发来微信说："你看天上白云，聚了又散，散了又聚。人生离合，亦复如是。我会一个人等日出，一个人看晚霞，看树落叶，看云彩飘过。白云的一世，夕阳一生，都是美的。"

云朵在挽留太阳

望着西边的太阳，意识到，太阳已是夕阳，将要淡出这座城市人的视野。此时的太阳，绽放柔和的光，它的周边色彩灿烂，远方白云飘动，仿如一只只在蓝天中舞动的凤凰。

说太阳落下，是因为太阳从我们视野淡出，因为淡出，而有黑夜。太阳总是按照它的轨迹行走天际，永远不会落下，它只是去了地球的另一半，人们便用了"落下"二字形容淡出的太阳。在我的印象中，太阳是可以追赶的，记得有一次去往异国，飞机一直随着太阳的方向。在福州，已是黄昏，向东而去，太阳依旧挂在天边，晚霞氤氲天际。

脸贴着窗舷欣赏，猛然想起。我谓之的这道晚霞，其实又是早霞；我谓之太阳从西边落去，其实在另半球人的眼里，又是东边。我的记忆中，那一黑夜极为的短暂，不一会儿，透过窗舷，晨阳已经挂在天际，它的下面，是一片浩瀚的海。

望着窗外的这一幕，我非常感谢大自然，地球是圆的，太阳是圆的而且能够发光，月亮也是圆的，它的光芒来自太阳，三者之间，在公转、自转中，我们拥有了白日与黑夜，让我们即看到了太阳光的炽烈，又享受到了月光的柔和，在这"阳"与"阴"的交替中调和我们身心，生活有了张弛。

太阳沿着它的轨迹继续落下，落进了云之中。想起了一首儿歌，叫《种太阳》，云好似一片田地，将太阳种植，将希望种植。又想起了《马儿啊，你慢些走》这首歌，云也在挽留，也在对太阳说，太阳啊，你慢些走。

我对太阳轻轻地说声再见，明天，我在东边等你回来。

太阳在，希望就在；皎月在，梦亦在。

美景遐思

我站在花海公园的湖边，拍下这张照片：湖水、栈桥、堤岸、樱花和高楼，湖光倒影。这景美啊！

可我在欣赏这美景时，总觉得这图少了些什么。这高楼、房屋，在闽江对岸，可我的图片中，闽江不见了踪影。一座低矮的堤岸，挡住了我的视野，也挡住了相机的镜头，闽江被遮挡在堤岸之下，高楼仿佛坐落在堤岸边上。什么是真实，有人常说，以图为证。真能为证吗？非也。更何况，随着摄影设备的改进，可以放大缩小，一张看似很美的照片，其实只是浩瀚景色中的一个点被你捕捉，发现并定格，被人欣赏。可当你走进实地，会感叹说，这景哪有那么美啊？

图片呈现给你的影像是真实的，但它也有一些景色没法进入图片。主观的，是摄影者的取舍，客观的，是景物的遮挡。

其实，人的生活也是一道景，也有取舍。人生的有些景，虽然很美，但你无法同框，有些景，需要自我取舍，这取舍，就是选择。

白昼的月

在我的认知中,太阳属于白天,月亮应当属于夜晚。不是吗?皓日当空,月夜皎洁。可是,我在午后四点多钟,便见到月儿穿梭在蓝天白云之中。这日,是个弦月,在蓝天上,淡中透着润,粉嘟嘟的,让人看了觉得可爱。

我静静地举头赏这白日的皎月。它一会与躲在云的背后,一会儿又从云中"跳"了出来,在蓝天中悠悠地移动着。它时而疾,时而缓,让我想起了一句禅语,不是幡动,不是风动,而是心动。这皎月也一样,不是月在动,不是云在动,而是心在动。在无云的蓝天里,月有如一只眼睛,在静静地与我对视。在对视中,我理解了什么是含情脉脉。我与月的交流,无须言语,尽在不言中。

其实,月儿不只是属于夜晚。曾经在早晨七八点钟见到,太阳已高挂东边,而西边的皎月依旧清朗。而今次,我见到的太阳还没有从西边落下,月儿已经穿行皓空,在天际间呈现日月共晖的景象。

这景象,让人愉悦。

午后月儿

下午四点钟，天气晴朗，阳光灿烂，远水的山，近处的水，一片派清新景象。

此时，东边的月儿已经悄悄地爬了上来，与山顶巨大的球体相呼应。球体雪白，月儿雪白，有如孪生。我有些惊奇，才是午后，太阳还高高挂在西边，这月儿怎么就爬了上来。

月儿升起的地方，天色湛蓝如布，连一丝儿的浮云都难得一见。月儿就是这样在蓝天中独自行走，没有星星陪伴，只与太阳遥对，与山顶那球体渐离渐远，嵌在广袤的天际之中，让人看了有些孤独和寂寞。明月应当有星儿陪伴，可此时，在白日里还不能体现出的它的光亮。

我注视着月儿的轨迹。它完美地嵌入一座移动信号发射塔的塔顶，与塔浑然一体。我想起了江海中的航标，指引着南来北往的船。这灯，是否也如航标，让无形的信号四通八达。

西边的太阳、东边的月儿，共同装点着这春的明媚。我站在广场中央,向西欣赏太阳光芒,向东欣赏月儿的宁静。

西边的太阳落山了,天际霞光斑斓,东边的月儿随着夜色的降临,愈发明亮起来。过两天,就是元宵节了,元宵赏灯。这十五的月儿不正是一盏最美的元宵灯吗?

我赏着夜空的月儿,赏着元宵的灯,这灯已不是白日见到的雪白,而是橘黄,好美、好美,宛如冰心先生笔下的小橘灯。

花海夜色

　　花海公园的夜，很灿烂，很绚丽。虽然没有像白日那样熙熙攘攘，但依旧有人在灯影下悠闲地漫步，有人悠闲地坐在湖中央的栈桥上任春风吹拂。春来了，这风中的寒意也少了许多。还有的人站在公园入口处的观景平台上观赏夜的湖光山色，夜的湖水、江水，随对岸高楼的灯光秀，随蜿蜒的栈桥上的灯火，时而微红，时而碧蓝。一艘从江的上游驶来的游船穿过鼓山大桥，一会儿，另一艘游船从江的下游逆流而上。

　　我曾经坐过游船，在船上眺望闽江之心两岸璀璨的灯火，去感受变幻的灯光秀的澎湃激情。眺望中，我的心充满激越。船在夜色光影中劈波斩浪，卷起五颜六色的浪花。这就是我可爱的福州，充满激情而又浪漫，引人遐思。

　　花海公园是春节期间人们游玩的好去处，这里盛开的油菜花成了这座城最佳的打卡点，人们在这里拍照留影。更有许多上了年纪的老年人精心打扮，他们的神情表达出对生活的热爱，对美好的眷念。

夜深了,油菜花安静地隐在灯光之下,静静地听着鸟儿的清脆鸣叫,静静地散发清香。

花在等待,又一个日出,光影照着花,花海一片金灿灿,迎来一个个赏花人。

视　角

　　昨夜，在国际会展中心的广场上散步，那里，有许多人纳凉，一群又一群的人在"嗨"歌，有的人随着乐曲舞动身躯。歌声，谈不上轻歌；舞姿，自然也就谈不上妙曼。这场景，让我觉得，是夜幕下的激情宣泄，活力和张力似乎可以把这夜幕撑破。

　　就是在这"嗨"声一片中，还有的人围坐在一起，悠闲地品着茶，聊着天，管它嘈杂声声，心静自不入耳。还有的人独自坐在自带的折叠椅上，沐着徐徐晚风，赏着天上那轮明月，遥望鼓山之巅，灯火静静地亮着，好似一颗星星在眨着眼。更多如我一样的人，只因散步路过，然心也被这里的喧嚣所感染，这里用激情诠释了初伏热气腾腾的夏夜。我仔细观察了一下，这里的周边，很大的半径范围没有住宅，不存在扰民，成了人们放歌的佳处。唱出来，"嗨"起来就好，来到这里惬意快乐就好，没有人评价唱得优劣，没有人怨你吵了人家，彼此包容，彼此娱乐。

　　月挂高高的空中，虽不是很圆，但却很明亮，月亮的周边，没有丝丝云彩，夜色透彻清纯。我突然发现，在广场上，立着一根装饰用的花瓣，在夜里，有些寂寞。我设想着，能否借月为灯，点亮花瓣。于是，不断地移动脚步，调整方位，最终，明月与花瓣完美地结合在一起，成了一盏"灯"。我将它定格于手机中，与大家共享。

我第一眼望见明月时，有了将它与花瓣同框的想法时，月是高高地挂在空中，与花瓣有相当大的距离，通过调整自己观月的视角，我让它们聚在了一起。

认识会随着视角的改变而改变，事物也会随着视角的不同而不同。

黎明时分的那轮弦月

清晨，弦月挂在鼓山之巅的绝顶峰上。月是下弦月，如弓的月儿镶嵌在吐着白鱼肚的天际。山际已见黄中带着粉红的霞光。弦月淡黄、修长，与启明星相伴，好静，好美。

几天来，我都在关注着这轮弦月，它先是悬在半空，接下来，每天与晨阳升起的方向越来越近，不一会儿，夜色完全褪去，晨霞越来越炫目，月儿不见了踪影。

已是农历月末，再过两日，若想再见月儿，只能在傍晚到子夜天空的西半边，那时的月儿依旧弯弯，但方向调了个头。

曾经见到晨阳从东方升起，而圆圆的月儿依旧还当空挂着；也曾在傍晚时分见到月亮迫不及待地挂在西边湛蓝的天空中，与晚霞相映，还有就如今晨所见，月儿隐隐约约地挂在天空的东面。记得曾经用手机的全景拍摄功能拍下一张日月同框的照片，晨阳与月儿在两端，如果用通常的拍摄功能，日月是很难同在一个框内。也曾经傍晚拍下月儿挂在路灯杆上，那月儿如灯。

白昼属于太阳，夜色归于月亮。有时在想，白日里可以看到明月，那么，夜晚，可以望见太阳吗？观察了很久，还没有在皎月当空的夜晚寻见太阳，有的只是在夜幕降临时太阳的余晖如火样燃烧夜空。

　　月光知道，自己的光是太阳赋予的，在晴朗的白日里，即使有月光，也是淡淡的，它的光，在黑夜中才会耀眼。

　　月光即阳光，月光是阳光的另一种表现形式。因为阳光，我们拥有白昼。当阳光西去时，它有不舍，于是把光传给了月球，让月球发光，让黑夜柔美和静。

　　月光不与阳光争辉。

　　我的耳际，萦绕着《月光曲》。

醉在五月的"花海"

五月，对福州人来说，是又一个花季。花海公园的波斯菊开了，开得特别的鲜艳。一拨又一拨的观花人影，让花海公园的花更加热烈、更有韵致。

望着这怒放的鲜艳的花，几只蝴蝶在花间，时而泊于花丛的枝头，时而低旋花间，好美啊！也让有仅想起"蝶恋花"这个词牌。自古以来，多少文人墨客以此牌填词，抒发多愁善感和缠绵悱恻之情。

看到了蝴蝶，看到了一拨又一拨的赏花者，我是否可以将他们比喻为"蝶"？这"蝶"恋着花，行在花间，低俯闻香，与花同影。

五月的花季，是一个盛装的花季，也是这座城市的狂欢时节。花海公园宛如举办一场露天盛宴。人们为观花赏花从城市的各个方向而来，与花对语，观花咏情，为花而喜，因花而乐，乐而忘返。在观花的人流中，最为忘情的是女人们，不论老的还是少的，都经过一番精心的修饰，有的浓妆，有的淡抹，把自己打扮得如花般美，有的还带上各种的

"道具"。想想也是啊！与花同框，敢用花来装倩自己，愉悦自己，敢与花争艳，能不把自己装得更酷更炫一些？

五月的花季是美的花季。人们夸一个事物的美，往往就会说"美如花"，花成为衡量美的尺度。望着一个个在花丛中各展其姿的女人，我心底真有些弄不清了，是花装倩了人，还是人装倩了花。白居易曾语："花非花。"古人亦曾语，见山是山，见山不是山，见山只是山。在许多人的眼里，女人就是一朵花。上网查了一下，以《女人花》为名的影视和歌曲作品比比皆是。去查一下字典，有许多以花喻人美的成语：貌美如花、如花似玉、花信年华、国色天香、花颜月貌、闭月羞花……其实，在女人们的心底，是很愿意以花自喻的，甚至与花较劲，心底在问，我美，还是花美。

五月的花季，是女人们的花季。不要以为五月的花海只属于少女，其实也是上了年纪的大妈们追回少女时光的佳处。我仔细观察了一下，五月花开时节的星期一至星期五，这片花海几乎成了大妈们的专场。从一大早开始，大妈们陆陆续续盛装来到花海，摆出各种姿势。那兴奋的劲儿，那俏皮的模样，真不输少女。想想，如今的大妈，都从少女走来，心底里都有抹不掉的青春情愫。花海，唤起她们久藏于心底的记忆。面对绽开的花，她们的心亦如花在风中泛的微波，让她们找回了青春的感觉。

看大妈们在花海中的留影，既有单拍，更有群影。看她们的服装，让我想起了广场舞的大妈们。那一身的舞蹈装，那拍照时的神态，充满着对生活的热爱。花丛中一列排开的队伍，那头上的簪花，花团锦簇，这样的"花"之美，是友谊的绽放。

五月的花海，是放飞情感、放飞梦想的季节。周末时光，花海公园的主角自然属于那些姑娘们。有的邀朋唤友，穿着浪漫而又个性的服装，时而拍照，时而凑在一块看着手机中的照片，看完了，又继续拍。有的则独自前来，摆出各种姿势，拿着手机自拍。有的则带着三脚架，手机架在架子上拍照，甚至搞起了直播，直接对着手机问道，这样漂亮吗？这些都还不能说是最浪漫的。最浪漫的自是少男少女结伴而来。男孩成了"护花使者"，紧紧地跟在女孩的后头，为心仪的女孩留下一张又一张带着万千妩媚的倩影。注意观察，少有少男少女在花丛中合拍的。琢磨着其中的原因，大概这花更见柔美，更适合与女孩同框，而男孩立于花间，多少缺了阳刚之美。

五月的花海，充满着天伦之乐。无论是走在公园小道上，还是在花海中，无论是在公园的绿地上，还是在公园里占地不大的游园中，随处可见母亲牵着孩子，父亲肩上挎着孩子，爷爷奶奶推着载着孩子的小车。他们脸上笑靥如花，而孩子笑得天真烂漫。更有些孩子，尤其是女孩，在公园里狂奔，向花而去。银铃般的笑声入耳。在大人的眼里，孩子便是他们心中最美的花。整个花海，温馨弥漫。

一对白发苍苍的老者，男的拄着拐杖，女的跟随一旁，步履蹒跚地走在花海间，时而凝神观望，时而窃窃私语。他们的神情，是在回忆他们的花季？是在眷恋那曾经拥有的一季又一季的花季？他们也如花，这花，饱经风霜。"霜叶红于二月花。"我想起了唐代诗人杜牧的诗句，也让我看到了花海公园的别样花景。这花色，带着栉风沐雨后的深沉韵味。

一曲悠扬的萨克斯乐声从亭子旁的花丛中飘出，一位女子正吹着动听的曲子，声音悠扬。树上有几只鸟儿和着乐声欢鸣。江心的鸥鸟时而盘旋，时而又泊于沙渚。在公园的入口处，一位端庄秀丽的女子正在等着摄影师。一位穿着长裙、披着纱巾的女子凝神花海，与花倾诉。

仰望天际，天朗气清。平眺江水，江水如碧。花海公园的花摇曳。微风拂面，我吮吸风的清香。醉了，醉在五月的花海，醉在这花拂起的风。

桥墩下的花

我在桥墩下看花,这花开得有些率性。我除了能喊出开得最艳的三角梅的花名外,其他的花名都不知道。素白的、淡黄的、深红的,开在一片绿绿的小草之上,这花可以算是野花了吧!娇柔,但又借春风,毫无顾忌地开放着,点缀着春意。

这番景象,有着几分的荒芜美。园林工人们种下了爬山虎、三角梅。爬山虎依它枝上带着吸盘的颗粒紧紧地吸附着垂直的墙。嫣红的三角梅不加修剪,任意地开着。也许处于僻壤,园林工人们不会像打理城市花园那样精心。于是,花草任性地生长,长得奔放、热烈,天然去雕饰,让人享受着荒芜之美、天然之美。

我欣赏桥下的景观,也想到生活的态度……

向日葵

一株向日葵，在阳光中绽放，围绕它的，是凋零的波斯菊。它的后边，一棵树，垂挂着根须，让人看了，好似向日葵开在乡间的野地，那样的随性自然，少了人工的粉饰。

这株向日葵，一定是这片景的主角，凋零的花，粗壮的树干，都成了"绿叶"，衬了向日葵的妖嫩与美丽。葵花的黄，草儿的黄，就连叶儿也被阳光染得绿中带黄。这黄，黄得透亮、晶莹、鲜活。

这向日葵不是开在乡间野地，而是开在花海公园，开在前些日子繁花盛开的波斯菊众中。花盛花零，波斯菊在享尽熙熙攘攘的观赏、留影、赞赏之后，将要化作春泥。而这株向日葵，好似让这片荒野"复活"一般，带着另一种情趣，有着一株花点美一片景之效。

这花有幸，开在了本不属于它的土地，本不属于它的季节。在我的印象中，花海公园的十月，才属于向日葵。而如今，这株向日葵却早早地开在五月，开在了属于波斯菊的季节里，开在波斯菊凋零之后。

这花聪明，不与波斯菊争宠、争艳，长得静悄悄的，开得也静悄悄的，而且避开了波斯菊的盛开期。它知道，这不属于它的时光，而它却阴错阳差地绽开了，而且开得很恣意。

这花珍惜，知道，过些日子，这片土地将被清理，波斯菊不再，它也不再。因此，它抓住这短暂的机会，尽情沐浴阳光，尽情绽放自己，让自己秀上一把。

阳光中的这株向日葵很美，阳光映照的这片景色很怡人。

麦 田

这是昨夜的月，也是甲辰二月十五的月，谈不上皎月，看上去有些朦胧，让人觉得这月柔和，少了以往所见的皎月的那种光芒。

月光映在麦田上，映在了麦田边上的草垛上。有些游人在麦田里漫步，在草垛边上留下倩影。月光照在麦田、草垛、人影，好似不远处的闽江一样，流淌着温馨，流淌着夜的宁静，流淌着农家的闲适，流淌着诗意。

我所见到的这番景色，是花海公园的一处景观。我很佩服园林的设计者，将麦田引入到了公园之中，用麦田装点城市，当油菜花凋谢时，人们把目光移向了曾经受"冷落"的麦田。

我在油菜花盛开时也造访过这片麦田，当时可以说麦田是无人问津之地，人寻花而去，因花而乐。如今，花已谢去，麦穗金黄，引来了游客。这麦田真是不与花争艳，不与花争宠。

月光下的麦田，静谧而富有情调，这番景色，让人想起月光曲，很想听到悠悠的小提琴声，我很想爬上这高高的草垛，听妈妈讲往日的故事……

盛夏的云

小暑开始,进入了三伏天,气温酷热。"太热了,太热了。"人们纷纷感叹,寻找清凉之地"避暑"。

盛夏不仅有热,还有美丽的天色。在一年四季中,夏天天空可以说是最美丽的。早上,天空还没有放亮,东边已是霞光映照。黄昏,天色已经渐黑,但西面的天际嫣红一片,晚霞与华灯共辉映。有时如火般燃烧,红中透着黄,其状纷呈,有时如雄鹰展翅,有时如龙腾跃,有时又如孔雀展翅,羽毛疏朗。

夏天白日的云也是极美的。蔚蓝的天际朵朵白云飘浮,有的状如棉花般飘在云间,有的似一根羽毛在天际间轻轻掠过,有的状如雪山……我仔细地观赏着天上的云朵,它变幻着,有种稍纵即逝的感觉。有时我会盯着一朵云,静静地望着,看它的变幻,观赏它在变幻中的各种形势,去体会它的意象之美,有时如狮,有时如兔,有时如龙。

夏天云之美,在于它的白。它白得丰富、白得透彻,有时甚至是如玉般的白。即使遇见乌云,太阳的强光透射而出，就有如我们拿着手电欣赏玉石，那丝丝纹理细腻而温润。

夏日里，不妨抬头望望天际，看看它的晨霞，看看它的晚霞，看看天际间的云朵，静静地望着，这属于夏天的景色，上天的赐予。

冬　意

春有春色，冬有冬景。

在北方，白雪皑皑，树木凋零，举目望去，千里冰封，万里雪飘，银装素裹。在那里雪应当是冬景的符号。

可是，在南方，尤其是如福州这样的城市，冬天多半是见不到雪的，至多也就如鼓岭、北峰这样的山区飘着些许雪花，偶尔有些雾凇、冰凌的景象。难得的冬天景象已经让城里人欣喜了，大家在网上晒出了许多照片。

在城里能见到冬景吗？能啊！园林师们让我们欣赏到冬天的景色。入秋之后，有些树在冬风中渐渐发黄，在太阳照耀下特别的透亮明媚。几日之后，叶落尽，遍地金黄。在福州花海公园有一片挨在荷花池旁的水杉林。冬来时，杉叶渐渐变成了咖啡色，越是深冬，颜色愈浓。

这地，可是冬日里游人极多的一个佳处。无论是上了年纪的女子，还是情窦初开的少男少女，都喜欢在树下摆出各种姿势，仪态万方，留下自己的倩影。

这片水杉林，与那片枯荷，在冬日暖阳里，金碧辉煌。

南方的冬景不在雪，而在经过寒风吹拂而渐渐变黄的那片叶。站在山峰，一览众山，层林尽染，立于林下，遍地落叶如毯。这色，最能彰显冬意，也特别让人觉得温馨。

福州的雪

昨天的福州，人们谈论最多的话题，一定是雪。一夜寒雨至，早上，推开窗子，让我吃了一惊，对面的鼓山银装素裹，长长的山脊被雪覆盖着。开始，我还怀疑，这是雾吗？因为鼓岭时常云蒸雾绕。在福州生活了几十年，这番景象还是第一次见到。微信里，更是热闹，朋友们把各自拍到的雪景传上网络，那雪景，各有各美。

鲁迅先生曾经这样描述南方的雪："江南的雪，可是滋润美艳之至了；那是还在隐约着的青春的消息，是极壮健的处子的皮肤。雪野中有血红的宝珠山茶，白中隐青的单瓣梅花，深黄的磬口的蜡梅花；雪下面还有冷绿的杂草……在无边的旷野上，在凛冽的天宇下，闪闪地旋转升腾着的是雨的精魂……是的，那是孤独的雪，是死掉的雨，是雨的精魂。"

这场难得一见的瑞雪引发了市民观雪的热情。许多人自驾连夜上了鼓岭观雪，玩雪。从媒体制作的视频上看，鼓岭的雪，纷纷扬扬，飘落在乡村的小道上，飘荡在乡村农家的层顶上，飘荡在林间。有的人穿戴着厚厚的羽绒服漫步雪中，双手接着飞扬的雪花；有的人在雪中打着雪仗，雪球你来我往；有的拿着相机，留下了一张又一张照片；一对情侣撑着伞，在昏暗的灯光下留下了雪中的倩影；就连宠物狗，都穿上了厚厚的衣服，蹲在雪中，享受着难得一见的雪景。一位朋友告诉我，这一天，往鼓岭的公路几乎堵塞了，上山花了一个半小时，下山也将近两个小时。市民惊叹，这是福州自己的雪。还有网民远眺鼓岭叹道："福州有雪山了。"一场雪，给这座城市带来了欢乐与愉悦。

　　福州的雪，与北方相较，是微不足道的小雪，可它正如鲁迅先生笔下所描绘的那样，滋润美艳之至，犹如极壮健的处子的皮肤，隐约着的青春的消息。它下在自己家乡，让这些南方的"小土豆"在家门口看到了雪景，享受到了雪带来的快乐。

　　这雪下在了腊月初八之后。腊八之后，春节的味道一天比一天浓郁，街上挂起了灯笼，有的人家已经贴上了春联。瑞雪兆丰年，我想，下在福州的这场雪，一定会给有福之州带来祥瑞。

儿时对故乡的印象

你若问我,你是哪里人,我会告诉你,祖籍福州,出生南平。这句话的意思是,我不是生于斯,长于斯的福州人。我对福州的印象,是从语音开始的,虽然身处异乡,但乡音不改,父母亲依旧说着福州话。父母亲告诉我,这是乡音。我认识福州之前,先认识闽江。我的家住在剑溪畔,不远处就是延福门码头。母亲望着潺潺而流的江水,告诉我,江的下游是福州,从延福门码头上船,顺流而下,便是台江码头。那时候,我才知道,我眼下的这条江,可以通达福州,一个我尚未谋面、陌生而又有些憧憬的故乡。

儿时对故乡的印象,是餐桌上浓浓的虾油味。虾油,是我们家不可缺少的佐料,粘虾米,煎干干的带鱼,和着猪油拌空心菜,配合着锅边糊里的汤片。除了乡音,舌尖上的味道也是难改。

母亲对虾油的钟爱,爱到了极致。她喜欢福州民天虾油。母亲的亲戚是跑闽江轮船的,她时常捎亲戚买些虾油,一个毛竹筒，大约装上10斤。算着轮船快靠延福门码头时，母亲便唤我去提虾油。

夜，劳累了一天的母亲，坐在自家搭盖的小阁楼昏暗的灯光下，一小碟花生沾着虾油，一小杯最廉价的地瓜烧，慢慢地酌着。阁楼下边，便是剑溪，不过几百米。剑溪与双溪合流，汇聚成闽江。江边泊着许多木筏，筏上篝火点点。清晨，当东方吐白时，它们又启程，顺江而下。

那时还小，不理解母亲的虾油味情结，如今，我也大了，慢慢地理解了，舌尖的味道其实也是家乡的味道。

古诗词云：问君能有几多愁，恰似一江春水向东流。

儿时对福州的印象，是内河边上的吊脚楼。在我的记忆深处，外公家在瀛洲河畔，一层的木屋。木屋虽简陋，但刷洗得非常干净，刷洗得纹路依稀可见。

木屋依河而建。几根柱子就立在河中。从窗口的俯视，瀛洲河水从屋下潺潺流过，不时还有几叶轻舟轻摇而过。

我对瀛洲河最深的印象在夜晚。夜深时，小舟灯火忽明忽暗，"鱼丸，扁肉燕"，福州话的吆喝声传入耳际。听到声音，外公便拿起竹篮，篮里放着一个碗，并放上钱。"鱼丸五粒"，外公用福州话回应。小舟应声划到了木屋下，外公把篮子吊下去。卖家收了线，在碗里盛了鱼丸，篮子又吊了上来。那鱼丸的味道，至今还留在舌尖上。后来，我在福州的大街小巷吃了许多鱼丸，味道总觉得不如那时的鲜美。

早晨，阳光照进木屋，瀛洲河又热闹起来。河上，小舟穿梭，有卖早点的，有卖蔬菜的。一样的，放下篮子，早点、蔬菜便吊了上来，之后再把钱用木夹夹好，用篮子吊下去。

长大后，专门去了瀛洲桥。河畔的吊脚楼已经不见，代之以高楼大厦。只是瀛洲河水清澈如许，在不远处，就注入了闽江，流向东海。

在瀛洲桥的附近，有一处福州广场，从那里可以乘坐6路公交车去往湾边。从湾边坐上渡船，横渡过乌龙江，便是我的家乡。

去家乡的路上，风景美极了。土地平坦，视野辽阔。只见一片绿茵，父亲告诉我，那是荔枝。说实在的，什么叫荔枝，我还真不知道。生活在山区，像个野孩子，成天在山里奔着，吃着野酸枣、野杨梅，采摘路边的红泡泡，就没听过荔枝、龙眼之类的果子。我去的那一次，正是秋季，红红的橘子挂满枝头。我问父亲，这就是福橘吗？是的，这就是家里春节摆放的福橘。后来，我到了省城工作，读到闽江畔橘子红，就想起第一起见到福橘挂满枝头的情景。好美，好美。

从湾边上渡轮，那也是我第一次见到这样宽阔的江面，江面上，多是摇橹的船。船工坐在船的帮沿上，摇着橹，桨击水中，江中微波。船越靠近老家，景色越美，芦苇轻摇，不时有鸟儿从苇草中飞起。江水清澈，鱼翔浅底，颇有江南水乡之韵味。那番风景，颇似范仲淹笔下的《岳阳楼记》。

记得从文山上岸，先去看了我的姑妈，走了一段长堤才到家乡。也许还是少年，没有那种"少小离家老大归"的感觉，一切都还是好奇。印象最深的是，张口与人对话，人说我讲的福州话是"半咸淡"，意思是不标准的福州话。

这也许是我与父辈之间的差异，他是少小离家，我是生于异乡。我不知道，在乡愁上，会否有父辈那样浓郁。

父辈乡音难改，而我在找寻乡音，找寻乡音中的乡韵、乡情。

儿时对福州的印象，还来自西湖。在南平延福门码头的附近，有一处公园，名叫江滨公园，闲暇时，我们也会上江滨公园走走。母亲告诉我，福州有一个西湖公园，那比这公园大多了，西湖公园这个名字烙在了我的心底。

后来，母亲生了病，到省城治病，我也参加了工作，从山城到了福州陪伴母亲。夏末秋初的早晨，母亲说，想去西湖走走。我和母亲走入公园，坐在石凳，看着花，望着树，那是我第一次见到了西湖的湖光山色，那时觉得：西湖好大、好大。

在我儿时的记忆中，我的姑妈在福建机器厂工作，上班时需要翻过一座岭。就像我在南平上中学时需要爬的坡一样，石板铺的路，两边都是密密匝匝的木楼。

越过这座岭，就是福建机器厂，周边还有许多其他工厂，就好像如今的工业集中区一样。

印象最深刻的是姑妈带我去吃草包饭，那饭带着草香味，配的是福州的鱼滑汤。鱼多是鲨鱼或是鳗鱼，是做鱼丸的下脚料，地瓜粉裹着，鱼汤漂着葱花。姑妈往碗里撒些胡椒，汤鲜美极了。至今我还认为，草包饭、鱼滑汤是绝配佳肴。

回到福州之后，我凭着模糊的记忆去寻找那个岭，琢磨着那岭，一头连着上下杭，一头接着工业路，是一座很有故事的岭。

儿时对福州的印象是碎片的。与其他土生土长的孩子不同，他们生于斯、长于斯，可以系统地认识自己的故乡，而我是从域外认识故乡，是带着一种好奇新鲜的感觉看故乡。说实话，年少怀着云游之心，故乡的概念比较淡薄，只是随着岁月的流逝、年岁的增长，故乡、家乡的意识才慢慢地强了起来，故乡、家乡的情结才渐渐浓郁起来，眷念之情从心底勃发。

遐思上下杭

夕阳斜照,云烟蒸腾,翘角引颈向天际,一幅梦幻景色。这便是福州的上下杭,历史上福州商文化的代表。

2012年,上下杭大规模的改造前,曾经两次踏入其中。随着岁月的流逝,那里已经没有了商船云集、人群熙攘的繁华,只能从被风雨侵蚀年久失修的楼宇、招牌中吮吸这里曾经的商文化。上下杭,在福州,是内河与闽江的交接点,也可称之为枢纽。星安桥,曾经可见双潮顶托"奇观"。闽江潮涨时,潮水从"上航"和"下航"两个河道涌进,形成顶托。福州有百多条内河,纵横交错,形成了交通网。城市的许多商品,可以通过内河抵达这里。上下杭,是商帮商会云集之所,孕育并厚植了福州的商文化。

随着交通条件和运输工具的改善,上下杭作为商业中心的地位成了人们的记忆。上下杭成了老旧街区,我穿街走巷,依稀感到,破旧的表象包裹着曾经的繁华,沉淀着厚重的商业文化。

旧貌换新颜。如今的上下杭,已经成为重要的旅游目的、闽江之心的组成部分。我穿过上下杭的街巷上,立于星安桥上,看着幢幢老厝,一番美景映入眼帘。

只是遗憾,双潮顶托奇观无法重现。

吮吸福州文气

在福州住久了，品着这座城，觉得这是一座很有文气的城市，弥漫浓浓的书香味、书卷气。这味，穿越时空飘逸而来，有如一坛尘封的老久，打开后带着醇味。

宋代诗人龙昌期在他的诗词《福州》中有"是处人家爱读书"，印证了福州有着爱读书历史。

宋代诗人吕祖谦，在他的《送朱叔赐赴福州幕府》中写道："最忆市桥灯火静，巷南巷北读书声。"朗朗读声，在宁静的夜里，从坊巷中传来，让夜更宁静、更温馨。

清代诗人萨龙田在《闻雨山房感旧杂咏》中吟道："牙签干轴灯三尺，明月窥人伴读书。"窗内读书，窗外朗月斜映，诗意盎然。

清代诗人杨庆琛在《宫巷》诗云"但凭善俗成仁里，自爱吾庐读我书"，说明诗人喜爱这样善俗环境、读书环境。

按照中国历史州府进士、状元总数排行榜统计，福州府以进士4100名排名第一，状元以26名排名第二，故福州有"海滨邹鲁、左海名邦"之美誉。

呼吸福州文气

我一直以为，有书声的地方，就是孕育文气的地方。一个地方的文气，在岁月中沉淀，在时光中光大。我喜欢文气，就如喜欢炊烟一般，它从农家升起，渐渐地融入大自然中。缭绕的炊烟，让人感到温馨、温暖，让人感到心有安放之所。我想起文气，就会联想到从地球深处磅礴而出的油气，那是经过多少岁月才能生成的气体。我觉得，这世间最值得珍惜的是人间烟火气和文气。

文气从文化中散发而来，就如同茉莉花香从花中弥漫而来。文化是有地域性的，草原有草原文化，中原有中原文化，黄河流域形成了黄河文化。福州在中华文化的滋润下，与地域特性结合，产生了闽都文化。

我非常感佩先人选择依山傍水、江潮与海潮顶托之盆地筑城，二千多年来，几番追逐江水而拓城。如今你登冶城遗址，也许会认为离江海甚远。其实，冶山之上，古时便有观海亭。镇海楼雄居屏山之巅，古意就有引航之功效。在国货路旁的南公园内，有一名楼为望海楼。文人墨客，登斯楼，抒情咏怀。南公园附近还有琉球馆。那时，琉球人进京朝贡，要先到福州之后才可进京。适时南公园附近，便是福州河口，孕育了福州的河口文化。福州地铁四号线开通后，有几个串在一起的地名引起我的注意：前屿、后屿、横屿、竹屿。屿，小岛也。其通常指的是有植被生长的无居民小岛。

可见，这里曾是烟波浩渺、沙鸥翔集之地。两千多年，福州人就是这样逐江海而居。江在哪里，城就拓到哪里。在福州人的心底，有追逐江海的情结，这个情结慢慢地滋生了江海文化。而福州的江又不同于一般的江，它是福建的母亲河，牵山达海，为福州文化注入了山和海的元素。直至今日，福州响亮地提出"东扩南进、面江向海"，建设现代化的国际城市。

福州三面环山，一面临水，被山水所簇拥，为一块盆地。在盆地内又有屏山、乌山、于山等丘陵小山。它们成为文人墨客休闲雅集之所，摩崖石刻等文化遗存甚多，故福州人形容自己的城市，城内有"三山"，城外有"三山"。其实何止，唐代诗人姚合在《送敬法师归福州》中写道："东南数千里，何处不逢山。"宋代诗人钱公辅在他的《福州》中写道："七闽天东南，群山号未绝。"福州之名也取自"福山"之福。想到福州，我时常会将它与《诗经》联系起来，这是一个幸福而又充满浪漫、温馨的名字。福州地处盆地之中，面向江海，先人们巧借地利，将浑然天成与人工开凿相结合，形成了纵横交错的"网格"，使这内河成为这座城市的交通线。一方水土养一方人，一方水土也孕育一方文化。我以为，福州的文气，是山、海、江、盆地、内河、坊巷多元交融的。它造就了福州的文化特色，滋养了福州人之习性。

地域造就了文气，但福州的文气也在岁月中、在时光的影响下，通过一代又一代人慢慢形成。我曾经组织福州的书画家们画了一幅《城市中轴线》长卷。中轴线北起屏山，屏山之巅镇海楼，屏山脚下华林寺，西湖，之后一路向南铺陈，先是冶城，那里的欧冶池尤在，之后便是福州城门鼓楼、三坊七巷、福州文庙、上下杭，隔江是仓前山。这条线，是福州的城市拓展线，也是福州的人文发展线，走在八一七路上，福州文气扑鼻而来。

文脉，实际上是随岁月而生成的文化长河。福州的中轴线亦即福州的文脉，有着鲜明的时代烙印。其从春秋战国冶城始，欧冶池是其象征性的文化地标。三坊七巷是福州坊巷文化的地标，也是福州儒学之气最浓郁的地方。"谁知五柳孤松客，却住三坊七巷间。"这里人杰地灵，是出将入相之所在，历代众多著名的政治家、军事家、文学家从这里走向辉煌。这里弥漫文儒之气，孕育和引领福州文化。从三坊七巷、朱紫坊沿中轴线向南，便是上下杭，福州商文化和码头文化在这里融合。这得益于双潮顶托。闽江货物从这里通过内河直达城内，城内货物又可以通过内河直至上下杭，在这里接驳，通达闽江上游的山区和其他地区。因此，此处各种会所、会馆、商社云集。上下杭有着浓郁的商业文化气息，因为它是货物之转运地,需要大量码头工人。码头工人也是福州早期的产业工人。大庙山,就有福州最早的工会组织——码头工人工会。越过闽江大桥,与上下杭对应的是仓前山。福州是"五口通商"口岸之一,19世纪至20世纪40年代前,有十七个外国领事馆和众多的外国银行、各类商社,目前还有许多遗存。可以说仓前山是东西方文化相互融合、包容的一个缩影。在安泰河畔,临河有一排椅子,那椅子叫"美人靠"。有一次我坐在椅子遐想,突然觉得,内河是福州的路,任何一条路,都可以通江达海,这也决定了福州文化的开放性。

文气来自书卷,来自书院,来自山中的摩崖石刻,来自文人墨客雅集赋诗咏怀吟诵之中。闲暇时,我喜欢翻阅介绍福州过往的书籍。《闽都别记》,有如一部福州地方史,让我了解了福州的过往。我曾吟诵宋代太守程师孟的"永日清阴喜独来,野僧题石作吟台。无诗可比颜光禄,每忆登临却自回",这是光禄吟台的由来。就在光禄吟台边上,太守用篆书题"闽山"二字。胡氏于民国三十五年(1946)榜书"山不在高"。这让我想起唐代刘禹锡的《陋室铭》。这闽山,并不高悬,但却稳稳当当享"闽山"之誉。我登临乌山,读宋代曾巩《道山亭记》,拜谒先薯亭,吟读序柱楹联。我曾登临于山,欣赏鳌峰摩崖;走过状元道,体会福州状元文化。我曾登临屏山之巅镇海楼，环廊而望，福州城向南铺陈而去，跨过了闽江，越过了乌龙江，直抵五虎山下，又向海而去，波澜壮阔；向北眺望，北峰青翠，新店镇依偎山下。我曾登临过鼓山，走进涌泉寺，品茗欣赏摩崖石刻。我又想起《陋室铭》"有仙则名"。山之仙气，不只来自自然之灵气，也来自文气，是自然之灵气与文气之融合。

文气来自书声。人有声，说明有吐纳、有呼吸。有呼吸、有吐纳，就会吐浊扬清。文气随岁月飘来，不管是太平盛世，还是残酷年代，文气总在。我曾走进福州文庙，走进正谊书院、鳌峰书院。在福州文庙里，看着穿着汉服的孩子们诵读《三字经》《劝学篇》。听着同样穿着汉服的老师讲着先贤的古诗，我突然联想到了福州榕树上的须髯，将之用竹管保护好，接入大地，便又是一棵树。这朗朗之声，是让文气相传的起源之声，有如朱熹诗云："问渠那得清如许，为有源头活水来。"这里的文庙、书院，是启蒙教育的源头活水。

骨气是文气脊梁，决定着气之磅礴、气之雄浑。没有骨气，文气就黯然失色。在福州的文气中，有着大义凛然的骨气。我曾吟读宋代诗人郑思肖"一心中国梦，万古下泉诗"，北宋词人张元幹"梦绕神州路"，清代林公则徐的"海纳百川，有容乃大；壁立千仞，无欲则刚"以及"苟利国家生死以，岂因祸福避趋之"。我曾走进马尾船政，诵读沈葆桢所作楹联。我曾走进林觉民故居，默默地读着《与妻书》中的"吾充吾爱汝之心，助天下人爱其所爱，所以敢先汝而死，不顾汝也。汝体吾此心，于啼泣之余，亦以天下人为念，当亦乐牺牲吾身与汝身之福利，为天下人谋永福也。汝其勿悲！"我曾走进严复故居，感受他的"以是自任"，翻译西学"数部要书"以救中国。我深深感到，福州文气中有着凛然骨气、浩然正气。我曾站在东百大厦高楼俯瞰三坊七巷，心想，能够让三坊七巷拥有"半部中国近代史"美誉的，不是它的骨气和正气吗？

福州的文气中弥漫着人文气，它从风土人情、风俗习惯中氤氲而出。我刚来福州的那几年，每年的腊月底，都会到南后街去买灯笼、选春联。那一条长长的街，满街红红灯笼，书家提笔案头写春联。这景象，让我想起明代诗人徐熥《闽中元夕曲》中写道："满城箫鼓沸春风，爆竹声喧凤蜡融。三十万家齐上彩，一时灯影照天红。"他在另一首诗中写道："家家同结过街棚，夹路花灯列火城。"清代诗人刘萃奎在《咍花灯》中吟道："元夕家家结彩棚，裁绘剪纸烛光腾。何人剖橘空中点，胜看莲花大盏灯。"这诗读来，温馨盈胸。

在福州的风俗习惯中，有些也许是独有的。每年的正月廿九，是福州的"熬九节"，现在也称作"孝顺节"。这一日，女儿们以糯米为主，加上红枣、花生等辅料，煮上一碗甜甜的粥。这一日，年龄中"遇九含九"（"明九暗九"）的都要吃碗太平面。一碗甜粥，尽表尊老之意；一碗太平面，尽祝平安之心。我曾走进三坊七巷、朱紫坊以及福州的许多坊巷，发现在小巷拐弯处搭建了一个个小小神龛，里面供奉着在当地的"神"。我问当地百姓，他们告诉我，他们所供奉的都是为当地做出奉献、为民众做好事的人，百姓将他们视为"神"供奉。这是福州的习俗，这习俗中闪耀着文明的光辉，温润着福州文气，让福州文气中充满着大爱，充满着柔气。

在福州，随处可见百姓自豪地介绍脱胎漆器、油纸伞、角梳，称它们为福州"三宝"，走进福州非遗展览大厅，庞大的狮子立于两旁，而主人却能不费吹灰之力将它们举起，让人觉得神奇。制胎后麻捆漆刷，一道又一道，制一个漆器费时数月。器成后，放进水里，让胎融水。漆器轻盈，乃福州工艺一绝也。如今，在工艺名家的创新下，福州漆器已转型为福州漆画，从工艺而向美术拓展。福州油纸伞，竹骨纸面，桐油敷面。我脑海中时常有这样一个画面：小巷深处，细雨蒙蒙，一位丽人身穿旗袍，撑着一把淡红色的油纸伞，高跟鞋踏在湿润的石板上。这油纸伞与丽人可以说是绝配。

在我的记忆中，福州男人出远门，肩上斜挎着装在布袋里的伞，好似战士挎着枪，威武。其实，福州远不止"三宝"，还有闻名遐迩的寿山石。寿山石中精品田黄，贵比黄金。福州的软木画，原料栎树软木乃海外进口的。我欣赏软木画，心想它应当是福州海丝文化的见证吧！这些宝贝，蕴含福州文化，弥散着福州的文气，气韵柔和，气质温柔。

福州人津津乐道的还有温泉，福州有"温泉之都"的美称。在我的记忆中有这么一幕，有一次父亲领着我去福州，父亲说去泡泡温泉。走进浴堂，三个大池，热气腾腾。更美妙的是，泡澡后，躺在大厅竹椅上，喝着茶，听着评话，或者再唤来修脚工修修脚，搓搓背，揉揉腿。你说，这生活惬意吗？福州人说泡温泉，而不说洗温泉，一个"泡"字，泡出了福州人的性格，也"泡"出了福州的温泉文化，泡出了福州人的市井生活。

福州的文气还从舌尖中散发出来，从灶膛的烟火中弥漫出来，从食物的热气中飘散出来。过两天就是冬至了，我忘不了小时冬至的前夜，母亲领着我搓糍粑。我们边搓，边用福州话唱着童谣："搓糊其搓搓，依妈疼依哥，依哥讨依嫂，依俤单身哥。"这声音，至今音犹在耳，场面历历在目，好不温馨。

有人形容福州饮食"汤汤水水、黏黏糊糊、甜甜蜜蜜"，想想也是，福州的佛跳墙与鸡汤氽海蚌两道名菜，皆是汤水。佛跳墙慢火熬之，据说要两天两夜。鸡汤氽海蚌则是滚热的鸡汤直接氽入放有海蚌的碗中，速度奇快，至味鲜美。两道都是福州名菜，一个以慢出名，一个以快取胜。此外，还有福州的鱼丸、肉燕，皆为汤食。这与北方饮食，甚至邻省广东饮食皆不同。而福州人不喜辣，又与江西、湖南等省不同。饮食文化是福州文化的一个部分。当然，还有茶。福州的茉莉花茶在我的印象中，往往作为伴手礼。走亲访友，土纸包的茉莉花，细细红绳索捆扎，面上红纸写着个"福"字，朴实的礼物让人见了，也心生欢喜。

"气质"二字，气在前，质在后，可见以气养质。气内化于心，外化于形，福州人的气质、性格就是在这地理、人文环境中如佛跳墙般慢炖而成，在岁月中渐渐形成了自己的特性。

福州人的性格也许可以从言语中略见一斑。福州人赞许别人用"丫霸"，夸这件事做得好用"丫好"，夸一个女孩长得漂亮用"丫漂亮"，但说一个不好，时常用"丫坏"。但是，评价起自己做的事，时常用"蛮去、蛮去"，问一件事可以不可以，总是回答"压塞、压塞"。从中可以看出，福州人既豪放又内敛的性格。福州人爱"攀讲"，也可以说爱"讲扒"，用现在的话说是"侃大山"或是"海侃"。福州人不见外，不排外，外地人来福州可以很快融入当地。福州人有着很强的创新精神，创造出许多期待，一个不懂得外语的人却第一个翻译了《茶花女》等众多世界名著。

　　福州文气丰富了中华文气，是中华文气中的一缕清新之气。福州文气经两千多年历史浸润，并在时代进程中注入新气。这文气，是福州发展的勃勃生气。这文气，浸润生活在这座城市的人。我接触过许多外地到福州生活的人，他们很高兴地说，福州挺好，是个给人福气的城市。

　　福州是有福之州，福州的文气滋养了福州的福气。我在这座城里，吮吸着它的文气。

文庙前的遐思

伫立碑前,读到"文武官员至此下马"几个字,肃然起敬,仿佛看到穿越时光隧道而来的车马,在这里止住了车轮声,体会到自古以来对文化的尊崇,看到了文化在人们心中的力量,耳际萦绕曾听到的朋友的一句话:"有文庙的地方就有敬畏。"读着,读着,想起了江海上夜间闪烁的航标,想起了福州马尾的罗星塔,联想到寿宁下党乡的文昌阁、永泰月洲村的寒光阁。想起文庙,想起了在屏南漈头村民居中读到的"养生谷为宝,继世书留香"那副对联,它如精神航标,照亮时光前行之河,氤氲文气,滋养骨气。

历史传承,一方面是生命的传承,一代一代繁衍,子子孙孙,孙孙子子,生生不息;另一方面精神的传承,这种精神赋予了生命的质量,决定了我们民族的特性。精神的传承,在一定意义上说,是文化的传承、文脉的传承,在传承中生成民族的精神标识。血脉不断,文脉不断,我们才能走向远方。

走进文庙,每一步都踏出对往昔的回响,仿佛能听到历史的回声在耳边轻轻诉说。

去走走吧,走进文庙,去感受一下文化的脉动。

拗九节里的"甜粥"

这是正月的最后一天,这是在日历上没有标记的福州特有的民俗节日——拗九节。一碗冒着热气的甜粥,温馨缭绕,孝道绵延。女儿奉上一碗甜粥,母亲笑了,晚辈们给老人端上一碗甜粥,老人乐了。一碗甜粥,是孝的表达、爱的浸润,其乐融融。

甜粥里有故事。我们给母亲送甜粥,给老人送甜粥,更要给我们的后辈们讲讲甜粥里的故事,让孩子们知道,甜粥里蕴含的深意和智慧。甜粥是表,孝道是里,因为有对母亲的爱,对母亲的孝,孝爱生智,孝生温暖。

讲好拗九节的故事,在孩子的幼小心灵中播撒孝爱的种子,内化于心,外化于行。拗九节就是福州人将孝外化于形的一种形式。一个朋友说到拗九节,说到甜粥,很动情地说,拗九节这天,都是母亲为她熬甜粥,喝着甜粥,甜在心里。她的一番话,我思考着"爱"与"孝"的区别。我想,母亲为她熬九粥是爱,她为母亲熬九粥是孝。长者对后辈有爱,后辈对长辈尽孝,爱孝相融,爱有了循环。家庭充盈爱孝，家便和睦，社会充盈爱孝，社会便和谐。

我想，这一日，应当成为福州的孝爱教育日，给孩子们讲讲拗九节的故事、孝爱的故事。这种教育，不只言传，更要身教。

送上一碗拗九粥，碗中有温暖，煮上一碗太平面，祝福顺遂安康。

珍视福州地区独有的拗九节，它应当成为非物质文化遗产得以保护传承。

城市树花

三月的榕城，可以说是花的榕城。本来，花草，花草，花开草中，草，低矮也。可榕城三月的花开在树上，开在蓝天白云间，开得热烈奔放。

文庙的附近，有一株树干直径三四十厘米的大树。树皮上很多皱褶，看上去这树有些年头，树干和枝丫上长满了青苔和一些小草，举目望去，满树花红。这红，红得浓烈。我还有点惊奇，外表看似樟树怎么枝头上开着这么鲜艳的花。仰目寻了半天，也没有发现另有树木攀缘其上。后来，拍下照片发给朋友，朋友告诉我，这是木棉树。木棉树，我没有少见，像这样旺茂苍劲的木棉树，我还见得不多。

福州花海公园的人行道上，满树皆是黄花，阳光映照晶莹的花团。走在这条道上，有如走在花道上，赏心悦目。

有人说，树见绿丫知春来。可我见到的这些树，它们如同梅花、桃花一样，先是含苞吐蕾，满树挂花不见绿，待到花落后，绿才慢慢地吐露，慢慢地绿满枝头。那时候，榕城的天也渐渐热了起来，这树又为行人护阴送凉。

有人说，红花还要绿叶衬，可绿叶说，花艳随它意，不与花争妍，待到花谢时，再披绿衣裳。我走在榕城街道，望着满树的花，嫣红的、淡红的、金黄的……花中，没有绿叶。记得我有一次，挂电话给永泰的朋友，问那些的梅花开得怎样了。他告诉我，已经长出绿叶了，看上去，色没那样纯了。

望着怒放的花，心生了对绿叶的敬意，想起了"俏也不争春，只把春来报"。

樱 花 梦

　　昨天，去了福州闹市区的一户人家，上了屋顶观赏樱花，真让我开了眼界。红的、粉红的、粉白的……有的花儿还在含苞待放；有的已经绽放，艳得热烈。有的花朵朝下，向你鞠躬；有的微微朝上，平视着你，与你对话；有的几乎完全朝上，向着湛蓝的天。我觉得特别的新奇，在我的记忆中，樱花是红色的，花儿朝下，让我觉得少了些许精气神。可我在这儿见到的樱花，在阳光的映照下，特别的晶莹剔透，花瓣特别的娇润，如少女般，充满着青春的气息。

　　这屋顶，被房主辟为樱花的研究基地。主人学农，一个偶然的机会，接触到了樱花，从此迷上樱花，闲暇时，在这阳台上醉心于樱花研究和品种的改良。樱花开在冬季，虽然美丽，但美中不足的是花期较短。经过他的嫁接栽培，培育出了当年十一月底就可开花的樱花；你方在开罢我登场，还有的樱花开在了四月。这是福州开的最早和最晚的樱花，从深秋到初春，人们都可观赏到樱花。樱花虽然鲜艳，但花儿总是几乎朝下而开，他要让花昂起头仰天开放。无数次的嫁接，无数次的培育，花朵渐渐地抬起了，显得更有生气。他为了改变黄花单调的色彩，一次次的试验，培育出色彩各异的樱花，各美其美。

年复一年、日复一日的研究试验，他培育了五十多个国家植物新品种和福建省良种。他谦虚地说，自己只是兴趣爱好，业余玩玩而已。但就是因这个兴趣爱好，他把自己"玩"成了研究樱花的专家，取得了让人刮目相看的成果。

我与他坐在茶室里喝茶聊天。他告诉我，全世界有一百五十多个樱花原种，其中我国有五十多个，福建有福建山樱花、浙闽樱、尾叶樱、中华樱四个原种。他培育出的樱花，多是从这四个原种中杂交而来的。他的这番话，让我想起了杂交水稻。一个新品种的育成，周期是漫长的，我佩服他，能够耐得住寂寞。

同去的朋友看了他的樱花后说，过些日子，她就要和朋友们一起去日本看樱花。他接着朋友的话说，樱花的源产地在中国。唐朝时，樱花东渡日本，受到了日本人的喜欢，如今引来世界各地的观花者，成了日本旅游的一个品牌。

他说，如果能够重新焕发源产地的生机，用樱花装点城市、装点乡村、装点田野，让它成为冬季的一道亮丽景色，那该多好啊。

他很渴望能够将科研成果转化，让樱花走出阳台，走向广袤大地。这是他的梦想,我相信能够成真。

我又想起,连江丹阳的那片樱花园,开得嫣红,人看了,心花怒放。这花,开在冬春之间……

夏日，有荷送凉

今日夏至，想到了前些日子拍到的荷花，感受了碧绿荷叶一点红的意境，也领会了小荷才露尖尖角的韵味，只是，那些天连绵的雨，心中少了些许赏荷的兴致。

想到荷花，心中总有一种荷送清凉的感觉。这荷，应当算是开在夏日里最常见的花了。走在福州的茶亭公园，那里可以算是荷花的世界，各种荷花竞相盛开，光从颜色上看，就有红的、白的、黄的，粉红的……走近三坊七巷的古厝之中，庭院天井里大多摆动放着两口大水缸，缸里盛满了水，红色的、白色的小鱼欢畅地游动着，水面上几叶睡莲，一两朵莲花静静在开放着，莲、荷同属莲科，"荷"与"和"谐音，取祥和之意。所以在福州的许多院落的天井中，都可以望见这样的摆设。除了取祥和之意。这大水缸还承接"天水"，取天上之水滋润庭院。当然，它最实在的功用是防火。有荷装点，不仅点美了院子，也点亮了诗意。走在福州的许许多多公园，凡有湖泊，几乎都有荷花。我手机拍下的荷花照片，就是前些日子在花海公园拍的。因为还未进入盛夏，只有一两朵荷花静悄悄地开着,当盛夏来临时,荷花开得满池。

我不只是在南方见到荷花,在北方也见到荷花。记得有一年的夏天,去了吉林长春,早晨走在公园里,满池荷花,引来了许多摄影爱好者,长枪短炮。那天,我拍的不只是荷花,还拍下了摄影的镜头。这荷,种在北方,那冬天呢?冬天可以见到残荷吗?北方可是冰天雪地啊!

夏天赏荷,最宜在清晨,走在荷田间,碧绿的荷叶和各色的花瓣沾着露水,晶莹湿滑。轻轻地摇着荷叶,水在叶中滑动,一不小心就溜到了你的掌心。将它在手心轻轻搓搓,那凉意沁入心怀。我也喜欢在老厝的院落里观赏睡莲,欣赏它的清幽婀娜,观赏鱼儿的游动,偶尔,脑海里会涌起几行诗句。

夏天,有荷真好。

冬日的荷田

冬日的荷塘，大部分荷叶已经落去，留下孤零零的枝秆，只有几片萧瑟枯黄的荷叶毫无生气地垂挂枝秆。整个荷塘，没了夏日的绿荷挨着绿荷，荷花独立地挺拔着绽放。我最喜欢含苞待放的荷蕾，状如心，色白如脂，苞尖上是淡淡的红，带着少女般的羞涩，还有花谢后的莲蓬，迎着风轻轻摇摆。清晨，荷叶和花瓣沾着晶莹的露珠。夜晚，荷田蛙声此起彼伏，好似一场田间音乐会。如果有月光流泄，还有一两对情侣依偎荷田栈道，那真是浪漫美妙至极。

冬日的荷田舒朗，清水微波，荷的孤枝倒映水中，各式各样的几何图形，有如无线谱，在无声地吟唱冬之歌。冬日的荷田，最美的应当算是冬日暖阳映照，晖光洒在枯叶，照在荷田，映在枝秆，还有荷田周边的芦花上，一改有些衰败零落的景象，变得有些辉煌富丽。几只鸟儿也来凑趣，几只麻鹤立在了荷枝上，用嘴啄着自己的身子。几只鸥鹭泊在荷田边上的杉树上，突然一声长鸣，俯冲而下，身体贴着水面，从田里叼起食物，飞回了树上，享受美食，还有几只空中盘旋着,姿势优雅。荷田边一只老牛悠闲啃着草儿,享受着冬日暖阳和没有人使唤的惬意。

我见过画家笔下的荷叶,几乎都是冬日的荷,它更含蓄、更富有诗意、更容易勾起遐想……

那片荷花

那片荷花，开得正旺，尤其在清晨，阳光映在那带着晨露的荷叶与荷花上，露珠晶莹。我在这片荷花中寻找我关注的那朵：花苞已经绽开，白里透着粉红的几只蜜蜂盘旋花瓣。真是一日一变样啊！昨天清晨，它还是紧裹着的花蕾，样子如同笔椽，头如未化开的毛笔。

这片花田，在花海公园。每天清晨散步，都要从这里经过。春夏秋冬，年复一年，荷花开在盛夏，是一年中最引人注目的时候。密匝匝的荷叶衬托着一朵朵荷花，有的怒放，有的含苞，有的花瓣已经落尽，荷秆上孤零零地撑着莲蓬。我伫立栈桥中，听着四面八方传入耳际的蝉鸣和着蛙声，好是静幽。不时还有从荷叶中腾飞而出的鸥鹭，向着江岸飞去。

秋时，秋风渐凉，荷花也渐渐谢去，荷叶也慢慢凋零，蛙声和蝉鸣随着秋凉而弱，塘水泛着微波，绿绿的荷秆支撑着莲蓬，一支支的，很是孤傲地站立着，没有一支的头是垂的，满满的精气神。

冬来了，鸟儿来过冬了。我看着鸟儿，再望望荷塘。叶子一天天地枯去，只有那枯秆在风中吟唱，与冷风抗争，让人看了委实有些心生愁楚。这只是荷塘的表象，荷会冬眠，会养精蓄锐，待来年春时，会在春雷中苏醒，又在春雨中长绿，又会开启它的花季。

我不只观赏荷塘的四季，也会在荷塘中寻觅第一枝花蕾，而后久久地跟踪观赏。从花蕾到花瓣，从渐开到凋零，从凋零后那几根须再到莲蓬，从花蕾包裹着心，到花开时的黄色的花蕊，静静地观赏，静静地与花默语。

我想对花言，也想对自己语。一日新，苟日新，日日新，不论是荷塘，还是荷花，每日望着，总是"新"的，尽管是在寒冬，也在自信中坚守等待。

又惦永泰梅花

每年的这个时节，我都在惦记着永泰的梅花，问朋友，梅花开了吗，开得旺吗？

听朋友说，今年春来得早，永泰的梅花也开早，天气晴好，梅花开得很旺。前些日子，我乘动车路过永泰，透过窗户眺望，漫山雪白，好美啊！永泰的梅花开在冬月与腊月之间，这段时间应当算是严冬了吧！我观察了几年，这时节，只要天朗气清、暖阳沐林，花就开得艳、开得旺，倘若阴雨连绵，花便开得有些凋零了。

永泰的梅花开在严冬，开得漫山遍野，开得让人陶醉、让人心动。我猜想哪里还像永泰这样，开着这样大片的梅花吗？我不知道。也许是我孤陋寡闻，估摸着，可能只有永泰了。

永泰是中国的梅李之乡，本不是为赏花而种花，而是为了得果而种树，而这果的花，恰好开在冬日严寒中。平日里，你举目望去，目之所及皆是梅树。寒冬时，梅树花开，漫山皆雪。在这个时节，梅树下皆是落花，人们围炉品茗，听泉唱曲，嬉戏游玩……不亦乐乎？

梅花谢去，李花又开，虽都开在永泰，但区域不同。永泰的李花，开在永泰深处的嵩口、盖洋一带，它结出的是李果。大自然的恩赐，让永泰同时拥有了种植梅树与李树的自然条件。它们开的花皆是晶莹的雪白。只是这李花，开在阳春三月、烟雨朦胧间。这时候，一袭红装，撑上一把油纸伞，享受春雨绵绵李花树下朦胧美，有着另一番诗意。

冬日暖阳赏梅花，春时细雨看李花。开在冬月、腊月的梅花，开在阳春三月的李花，应是游人度假休闲的好目标。我甚至遐想，梅果、李果成熟时，择一两处梅园、李园，开展采摘游或是团建活动，也是好地方。坐在满树垂挂果实的林下，品茗赏果，读书品文，谈天说地，摘些果实，分享丰收之喜悦，那也是惬意啊。

永泰的梅花、李花，应当说是永泰独份的旅游资源吧！

永泰的梅花、李花，本不为赏花人而开，正是"无心插柳"，使永泰成了赏梅花、李花的佳处。

只要有土，便会有花

我在永泰梧桐外度假区见到一枝含苞待放的花，蓝天映衬，花瓣晶莹透彻，带着几分羞涩。花何须多，有一些便可装点蓝天，让人浮想联翩。

花本源于大自然，开放在田野、山涧、悬崖、峭壁、高原、荒漠。人所到之处，总会有花伴你左右，为你开放，不是吗？冰上有雪莲、雪绒花，南极也有开花的植物，沙漠中有沙漠玫瑰，在非洲的荒漠地带，依米花会在某个清晨绽放出美丽的花朵。

我走过福建的许多桃林，欣赏过桃花盛开的美景，看过永泰的漫山雪白的梅花和阳春三月的李花。春华秋实，花孕育着果，果又含着籽，有花才能称得上春天，有果方能配得上秋季。

大自然有灵性，一些喜山乐水者，打造出了园林山水，让一些爱慕花草者将花移入庭院，家居充满山野之气韵。文人墨客在书房中置上一盆兰花、一盆菖蒲，称之为雅居，兰花生文气。我在想，山野之气与人文之气相通，山野之气氤氤了人文之气，人文之气又升华了山野之气，在陶冶中渐生了人的气质。

很喜欢陶渊明先生"采菊东篱下""性本爱丘山"，恬淡而幽静。也喜欢不经意地开在原野的小花，没有人工雕饰，或有开在溪畔礁石，或是攀缘岩壁，或是依附竹篱之上……那样自然随性，花不随人开，人却追花去。

我家的阳台上种着几株三角梅，伴随三角梅的，还有那些我喊不出名的小草。春天，开出了朵朵小花。这花种从哪里来的呢？有人告诉我，这种子，可随风送来，也可以从鸟儿的粪便中来，只要有土，便会有草，便会有花绽放，便会有美。

含苞待放的花，开在长竹篱上，仰望蓝天，阳光映照。这花，充满生机。

大喜锦绣

永泰大喜村，位于嵩口镇，一个宁静的乡村，十多年前一个夏天，曾经走进村落。给我的印象是，一个坐落在湖边的美丽村庄，尤其是李花盛开时，有如仙境。可就是这样优美的环境，村民依旧外出，一个几百人的村落，只有几十号老年人或是妇女看家护院。村民说，最热闹的是春节，在外打拼的游子回到了家乡。

十多年过去，我又一次去了大喜村。弯曲坎坷的土路变成了宽敞的水泥路。车在湖堤上停下，远眺村庄，白墙黑瓦，不少老楼焕然一新。十多年前见到的小学和知青房，被改造成了民宿，游人多了许多。我见到一位老者坐在民宿前的操场上，望着湖，一副悠然的神态。老者告诉我，他从福州来。他说，他血压高，这儿空气好，有利于养生。

在路旁，火烧得正旺，一群上了年纪的妇女和老人烤着火，聊着天。从聊天中我了解到，一个不大的村落，近几十年，已有上百人考取了博士、硕士和学士。他们很自豪地说，自从这建起起了湖，筑起了大坝，大喜村成了一个福地。

在大喜村转了一圈，专门在大坝上停了一下，眺望湖面，远山近水，湖光潋滟。转身望坝下，水流干涸，岩石峥嵘，古铜色彩。我好奇，这溪岩怎么是这般颜色。同行者说，这水含铜，由于大坝筑起，减少了水流，水慢慢地侵蚀和沉淀，岩石渐渐有了这色彩，看上去，有如一幅画。

久久凝视，水的浸润与沉淀，可以慢慢改变石头的颜色，呈现出坝下锦绣，这锦绣，也是大喜的锦绣。

大喜在岁月中浸润出自己，人也可以在岁月中浸润，也可以浸润出自己的锦绣。

这个周末，去了永泰梧桐外度假区参加一个活动。连日的绵绵春雨，湿冷得让人觉得福州的初春比寒冬来得冷。夜晚，望着村落，只有稀疏昏暗的灯忽忽闪闪。晨起，走在村庄的小道上，举目远望，浓云锁山，溪流默默地流淌着，细水落在水面，泛起波纹。这样的天气，心生些许惆怅。

春寒料峭时最渴望见到太阳，享受温暖。那天夜里，看了手机，天气预报说，天将转晴，气温上升。望着这信息，在欢喜中入眠，期待第二天的阳光。

晨时，拉开窗帘隔江望山，云蒸雾绕，天色渐开，远处山峦有一片特别的明亮。我琢磨，这应该是太阳升起的地方吧。我又一次下楼去了大樟溪畔，感觉与阴雨时大不相同，空气中弥漫清新，东边太阳升处越来越明亮，西边的半月还未隐去，高高地挂在山顶之上。阳光映在了溪畔有四百多年历史的小叶榕树和那挺拔粗壮的水杉树上，更显得葱郁。

阳光爬上了对面的山脊，阳光照着疏朗的云，映着大樟溪的水。云在山峦间流淌，山在水中静卧，朦朦胧胧，最富诗意。

我在山间看太阳，我在山中看太阳。有了太阳，让山景丰富，让云彩多姿，让水柔情脉脉，我的心也阳光。

每一天，我们都去寻找阳光，尽管在阴雨绵延或是浓云密布的日子，它的后面，阳光依旧明媚、依旧灿烂。

母亲河

逐水草而居，不只是北方游牧民族如此，即使在南方水草丰盛的地方也如此。我去过许多村落，在没有自来水的时代，村民们将长的毛竹，打通竹节，引山涧清水，依着山，山泉往低处流，这也是许多古村落依山傍水而建的缘故。我们常说山水、山水，山在前，水在后，大山是一座看不见的水库，也是一座水的过滤器。农民山里劳动，渴了，山泉为饭，午餐，山泉作汤。今天不论何种品牌的矿泉水，都取自大山。我也去过许多县城，大多数的县城都有溪流穿城而过。在古时，某地之所以成为县城，成为周围乡村的中心，起码是物流的集散地。古时，没有今天的公路、铁路，更没有天上飞的航路，没有汽车、火车、飞机等现代交通工具，那时的路是水路，交通工具是无动力的舟船，溪流是通往外界的路。

大樟溪是永泰的母亲河，这条溪，汇永泰众多山涧峡谷之水，穿万千礁石险滩，一路浩浩荡荡。我站在往月洲村的溪口桥上，眺远山，赏溪景。我以为，这里的景观最能表现溪的美丽。两岸青山，水清如蓝在险滩中穿行。险滩荒芜，芦苇生于险滩，随风婀娜，给人一种不加雕饰的原生态的美感。这也让我忆起少年时，学校组织郊游，就是选择有水的险滩，拾柴搭灶，炊烟生起，温情也生起。

永泰坐落于大山深处，古时，大樟溪连接闽江，是永泰连接福州的通道。听人说，大樟溪有纤夫，大樟溪也有自己的船工号子。这让我想起了《纤夫的爱》这首歌。大樟溪，还有许许多多山涧、溪流在岁月中不息流淌，也在不息诉说，诉说淌过的艰辛，也诉说淌过的爱。

含情的古榕树

我伫立在大樟溪畔,仰望这棵大榕树,又一次激起了我对榕树的遐思。福州因榕树而得榕城之名,无论是走在街路,还是穿坊走巷,抑或是登临三山,随处可见古榕参天,也随处可观一木成林的景象。尤其是阳光映照下,榕树须髯泛着金光,既添了榕树的美,更让我觉得,这些须髯一旦着地后活力无限。我走在福州的大街上,从南街、北门等十字路口中央的老榕,到庭院建筑中榕树穿墙,就可体会,福州人爱榕,爱得可以为之让路。

福州有榕,永泰也有榕。我在永泰的春光村欣赏到的榕,给我印象最深的是老榕的根。那根如一个饱经沧桑、长年劳作的老者的手掌,匍匐于大地,根筋突出,相互交错,有如一张网。我当时试图找到这根的来龙去脉,最终都探不明个究竟。因为它不是独立地存在,而是你中有我,我中有你。这如网的根中流淌着"血",为这棵老树提供着营养。有些树干已腐朽,但我看了,这更添了老榕的葱郁。离老榕溪畔不远的地方,一列榕树沿溪而长。这列榕,长得很有个性，树干斜向溪边，为溪畔小路遮风挡雨。春光村的榕，成了永泰的一处景观。有人说，它是福州版的"云水谣"，也有人干脆称它为"榕水谣"。

如果论树冠，小坪村的这颗棵榕树冠为全省之最。这棵榕树与我在其他地方见到的榕不同，它没有须髯，只有一个胸围达二十三米的树干，如一把撑天巨伞，罩在小坪寨的上空。这是一棵有着四百一十年历史的老榕，它的根，已穿过了大樟溪至对岸。这棵老榕根虬于此，大樟溪水不息川流，与它周边的百年油杉一起经风沐雨，荫护村寨，见证岁月更替。

小坪村的古榕，还有小坪村的油杉、小坪村的风水树、小坪村的风水林，这树含情。

月照竹林疏　　洲映李花白

周末，"讲好乡村振兴故事，发现乡村文旅达人"活动在永泰梧桐外度假区举办。选手们分组在嵩口、月洲、大喜几个场地进行现场比赛录制，我和主办方的几个同志去了月洲，看看选手们的比赛。

月洲村口，有一处近年来知名度颇高的月洲花渡图书馆。图书馆的前身是废弃的水电站，改建时外观保持了原来的模样，连"月洲水电站"五个字都原汁原味地保留着。许多年前，曾经造访过，当时就觉得惊奇，在村落中建这样一个公益图书馆，能有读者光顾吗？后来，听说来这里的游客络绎不绝，不少人在这里回顾乡愁，在这里饮着清茶，喝着咖啡，翻着图书，找到了阅读的幽静。

图书馆与寒光阁相伴而立，展现了耕读传家的传统。月洲这个不大的村落，可是个人文厚重之地，宋，明，清三朝共出了一个状元、两个尚书、四十八位进士，演绎了张肩孟父子六人六进士同朝、祖孙三代十八条官带的科举辉煌。寒光阁，就是张氏族人专门建给子孙读书用的六角形石楼。如今，其修葺一新，色彩鲜亮，大红灯笼高挂。这阁和边上的公益图书馆，应当算是月洲村的地标建筑了！我望着寒光阁与图书馆，再一次理解了"耕读"的意思，顿觉这两字充满着先人的智慧。耕解决了人们物质生活，读解决了人们的精神食粮。耕以养家，读以继世。寒光阁与图书馆，古时的、现代的，一种传承、一种赓续。

站在图书馆前远眺，眼前一片青绿。桃花溪环绕桃花岛，溪水从琴桥缝隙悠悠而过，白墙黑瓦的老屋掩映在李树、桃树、竹林之中，远处的笔架山云蒸雾绕。这让我想起了陶渊明笔下的《桃花源记》那般胜境。月洲，本就很有诗意。桃花岛，又更添静谧，让人遐思。

同行的朋友上了二楼，见到书桌上的纸砚，唤我上去。我寻思，上了楼，写些什么呢。头脑中想到来时见到的竹林、沙洲，想到月洲的村名。于是，在纸上写下"月照竹林疏，洲洗沙滩白"。正为沙滩白犯愁，觉得诗意不够，同行的詹先生建议将"沙滩"改为"李花"，我觉得甚好。月洲处处见李树。如果我们早来十余天，这里可真的是李花白，于是便有了"月照竹林疏，洲映李花白"的句子。

詹先生又道，将它画出来，一定很有意境。想到了超星先生，用微信将句子发给。先生来过月洲，对月洲环境熟悉，只一天的时间，便创作了出来，很有月洲意境。我将"月照竹林疏，洲映李花白"书于画上，便有了这幅《月洲山水图》与君分享。

"培奋到村"的思想沉淀

我与培奋相识已久。记得在 2014 年时,我与他第一次在办公室相见,他带来了一本介绍永泰嵩口的画册。我一边听着他的介绍,一边粗略地翻阅画册,给我留下了较为深刻的印象。嵩口是个古镇,这位镇党委书记对古村落有着别样的情愫,比较早地关注古镇的保护,并且采取实实在在的措施推动这项工作,为嵩口获评中国历史文化名镇打上了坚实的基础。之后,又陆陆续续读到他的一些关于永泰庄寨保护的文章,更感到他有一颗对古村落保护炽热的心。前些时间,参加了民间发起的在永泰举办的传统文化助力乡村振兴论坛。论坛还举行了一个他的新著《乡村振兴的思考与实践》首发仪式。这本书由清华大学出版社出版发行。回来后,我细细读了这本书,颇为受益。

读完这本书,我想到了费孝通先生的《乡土中国》。费孝通先生是我国社会学和人类学的奠基人之一。他在重刊序言中写道,他当时写这本书,"只是一段尝试的记录罢了"。"尝试什么呢?尝试回答我自己提出的'作为中国基层社会的乡土社会究竟是个什么样的社会'。"费孝通先生在"乡土本色"开篇就写道："从基层上看去，中国社会是乡土性的。"他要借"乡村社会学"这讲台来追究中国乡村社会的特点。培奋的这本书，与《乡土中国》一样，都是一本通过大量乡村调查写出的书。所不同的是，费孝通先生以20世纪40年代乡村为研究对象，用二十七篇文章回答了"乡土中国"和"乡土重建"这两个大问题；培奋则立足乡村振兴这个背景下，思考和回答乡村振兴中所遇到的一个个具体问题。所以我说，这是一本"培奋到村"的思想沉淀出的书。

毛泽东同志曾经说过："没有调查就没有发言权。"调查研究，调查要沉下去，把身沉上去，把心沉下去。培奋做到了这点。他在《我们为什么回农村》自序中直言："我喜欢农村，希望唤回原来那种充满人情味、烟火味的农村。"我读这段话时，仿佛体会到培奋在言语中表达出的"喜欢中的淡淡忧愁"。一个"唤回"，说明他害怕失去。为了唤回，他走进乡村，开展了大量的乡村调查。这些年来，他的足迹踏遍永泰的山山水水，甚至走得更远更广。他走进了永泰百多个大大小小的庄寨、走进了传统民居、走进了农村宗祠、走进了旧影院、走进了传统民居改造后的民宿，走进了福州晋安区的九峰村、宁德屏南县的龙潭村。在走进中，接触了社会方方面面的人，基层干部、专家学者、普通百姓，倾听意见建议。我这样认为,他在本书的每一篇文章,都是以"走进"为基础,以倾听为前提。他如一个跋涉者,走走、看看、听听,最终以"想想的方式",有了这些让思沉淀出的思想结晶。

研究要"浮"上来,要在获得大量"第一手材料"基础上,在大量的感性认识基础上的进行理性思考、仔细分析,从而提出解决问题的"钥匙"。通读他的每一篇文章,几乎是按照"问题—看法—对策"这样的逻辑思路来写的。比如,他在《宗祠作用大》中,从"孙君说,宗祠是农村的重要标志。夏雨清说'民宿是乡建的入口'"引发了对"两者间有何联系"的思考,从宗祠在乡村中的作用以及百姓对宗祠的情感,旁征博引地论证"做强宗祠文化,才能做好民宿产业"观点。又比如,他在《旧影剧院,可以变废为宝的资产》一文中,面对曾经承载一个时代繁荣,一代人的挥之不去的记忆的旧影院,"用吧不敢,拆吧也不敢,修吧没有钱"的窘迫境地,通过大洋公社文化宫改造这一案例,提出了"文化多元化、文化市场化的"的旧影院活化思路。读他的这些文章,感佩他的分析能力,他能够将大量在调查中遇到的一个又一个具体问题,开出解决这些问题的"处方",提出自己的见解。

培奋的这本书,文风十分朴实,没有深奥的大道理,没有深僻的名词，通俗易懂，读来很容易被带入其中，产生共鸣。这本书的编排也十分巧妙，用了日记体的形式，标明写作的日期，但又不是日记。这样的编排，使得文章短小精悍，便于阅读。哪怕是茶余饭后，只有片刻时间，也可以读一两篇。当然，这样的编排，得益于从问题出发，一问题一思考，也与他长期在基层工作有关。农村工作，面对百姓，问题实实在在存在，解决问题的办法也是实实在在的，管用实用，来不得半点含糊、半点虚假。

读培奋这本书，还有个感觉，就是他的直率，敢于直面问题，直诉观点。如《租房建房那么难，市民下乡道路长》《永泰、仙游、永春可以连成一线吗》等，虽然我对其中的一些观点未必苟同，但起码也启迪我的思路，引发我的思考。

培奋做了一件聚沙成塔的事。小问题如沙，培奋将它们聚在一起，从一个个小问题入手，思考乡村振兴如何做这个大问题，收到了以小见大之效。我以为，读一读他的这本书，能够有所获益。

这山，流淌茶的情丝

一声呼喊，把山喊醒，众人响应，满心愉悦。

昨天去了福州北峰的恩顶农场，参加在那里举办的一年一度的开茶节，领略春天大自然的风光，感受人们对土地的虔诚，体会浸润其间的茶文化。

这是一个茶叶开采的仪式，用来表达对大自然馈赠的感谢之情。仪式隆重而端庄。锣敲响，鼓擂起，一声呐喊，群山回声，众人呼应，群山荡漾。茶园中，歌缭绕，琴悠长，宾者乐，主人欢，真是开茶的盛典，又充满对新一年的憧憬。

中国自农耕社会走来，心底有着对土地、对自然的景仰之情，在岁月中也慢慢地形成了一套表达这种心情的仪式。这种仪式又渐渐形成了一种文化，厚植于人们的心底。

恩顶茶园，层层叠叠，茶已吐芽！茶农们在喊声中采摘今年的头道茶叶。芽叶鲜绿，我摘下一叶放在舌尖，一股回甘慢慢化开。去时还是阳光明媚，站在山顶极目远眺，群山绵绵。不多时，云雾渐渐漫了过来，整个茶田氤氲其中。时而阳光时而雾，这茶就是在这样的环境中生长。望着这变幻的万千气象，我更加理解了人们茶叶开采时举办这样仪式的用意。

茶香茶田亦美。山顶上带着风车的小楼，充满田原风情。茶田中的油菜花随风摇曳，这些油菜花将化作春泥，滋养茶田。

一方水土养一方茶，难怪这恩顶的茶泡出的茶汤品在舌尖，那样回甘，润在心底。

一座茶园，本是种植茶的地方，可春伦茶业不止于产茶，而是把它打造成观光之地。你看，小道边上樱花开在蓝天中，蓝天中一丝淡淡的云雾掠过，阳光照云雾，也照着樱花。蓝天中的樱花千般妩媚，游人们徜徉茶园小道，观花赏景，吮吸清新；坐在茶屋里，品着明前茶，静静地看着杯中青绿漂浮。游人叹道，这真是一处休闲的好地方。

这山，流淌着茶的情丝。

九野的雾

早晨,走在闽清九野小镇的小道上,环视群山,云雾弥漫,小镇依偎山的怀抱,有云雾作伴,山变得柔曼,镇也让人觉得灵气流淌。

在小道上漫步二十分钟,目光始终没有离开云雾,欣赏云雾在山间流淌。时而浓雾厚厚地笼罩着山,山犹如盖上了面纱,时而浓云化为淡淡的云,时而又渐渐散尽。山三面环绕小镇,我的目光也由左而右环顾。我看到了一张云雾的全景图,它丰富而有动感。有的地方,浓厚的云依旧遮掩着山,有的地方,云如飘带,柔曼地缠绕山腰。云轻轻拂过,山隐隐约约,时而露出峥嵘,时而又隐于云雾,时而又犹抱琵琶半遮面,含情脉脉。

山因云而多姿,山有云而柔情。云不仅美了山,云亦生了山的情。云生处,氤氲灵气、仙气。

白云生处有人家。九野雾生处,一个村落在云雾中,炊烟与云雾相融。云雾处,有人烟,几声狗吠入耳。

渔村"海味"

我又去了平潭，还是选择下榻在传统渔村钱便澳那个叫"澳里"的民宿。此行就是想看一看黄昏下渔帆归港、黎明时分渔舟启航，就是想吮吸带着鱼腥的海风。平潭有许多引人入胜、风光绮丽的景点可以让你陶醉、流连忘返。当我欣赏了风景之后，总是乐意选择地道的渔村住下，如读一本书，静静地去品渔村，用心去贴近渔村。

动身之前与朋友联络，朋友告诉我，下午有渔船返港。我特意选择了下午三点左右从福州出发，经过一个多小时的自驾，就到了"澳里"民宿，之后迫不及待地去了码头。到了码头一看，觉得去迟了些，没有看到渔船沐着晚霞劈波斩浪归港的胜景，只见渔船泊在码头，几辆皮卡停在码头上，几个工人正把鱼货往车上装，不时地添加些冰。

码头很是热闹，船工们一边干着活，一边交谈着，只是那地道的平潭话，让我听得不太明白。从他们的脸上挂着的笑容中可以看出他们的愉悦心情，可以猜想这趟出海收获应当不错吧。

我问船工，这船出海要几天才能归港啊。船工说，一般两三天吧。从这里启航经过三四个小时的奔波，就到了渔场，下网捕鱼。每艘船上，都自带着冰，鱼捕捞后，立即分拣归类，用冰块保鲜。归港途中，就用手机进行交易，联系买家。买家早早就候在码头边上，船一靠岸，鱼货就装车而去。

我在码头边上见到的这些鱼货大多是一些杂鱼，船工们进行适当地分拣，多数的杂鱼烂虾装上了车。船工说，这些将被做成鱼的饲料。

夜色渐渐降临，天空飘起了濛濛细雨，心生些许遗憾，欣赏夕阳映海的景色成了今次的奢望。但想想也无坊，欣赏不到落日映海的斑斓，倒也可以看到烟雨朦胧的海景。远处的山隐隐约约，近处的海上牧场阡陌交错，一船小舟归来，笛声悠悠。

这一晚，我与朋友在民宿中品赏刚刚从海上捕捞回来的海鲜。朋友告诉我，从海里刚捕捞回来的海鲜与经过冷冻的海鲜味道不一样。我品这些海鲜，或是清蒸，或是白焯，加上渔家炸出的海砺饼、时来运转、一团和气等平潭小吃，真是物美价廉的美餐。这也是我想住渔村的原因之一吧！它可以让我享受舌尖上的美味。饭后，站在澳里民宿的天台上，遥看远处的渔火，星星点点。环顾渔村，石头厝的灯光有些昏暗。这灯火与渔火相呼相应,添了渔村的韵味。

　　第二天黎明,我从梦香醒来,码头上的渔船马达声传入耳际。去码头走走看。我踏着微明的晨曦又一次去了码头,一艘渔船正在卸货,有如我昨晚见到的那样。回望渔村,渔村静静卧在海岸边。大海、渔村,渔村、大海,就是这样紧紧地依偎在一起,吟唱着岁月的歌。海浪是大海送给渔村的乐曲,渔村是大海涛声的听众。这里的人,听着涛声成长,是海的守望者。

　　天色渐渐地亮了起来,那艘卸完鱼的船又驶向大海,船的身后,犁开了一条长长的波浪。码头渐渐地热闹了起来,几辆电动摩托车陆续驶来,车手卸下了车后的货物。我仔细看了纸箱上的货品:这是鲍鱼的饵料。一些妇女穿着防水裤,脚上是长筒雨鞋,最有特色的是斗笠下面是一条毛巾,让人看不清她们的面庞。她们告诉我,这既可防止太阳直晒脸庞,又可以在劳作中用来擦拭汗水。

　　几艘机帆小船开来,泊在岸边。妇女们把货物装上小船,尔后,踏上小船。小船陆续离开码头,向着海上牧场而去。鸥鸟在澳口的上空盘旋,一会儿欢快地鸣叫,一会儿泊在船沿上。几声鸡鸣从村中传来,鸥鸟声、鸡鸣声与海浪声交织在一起,渔村在睡梦中醒来。

　　一位老人悠闲地从村里走来,走在长堤上,久久凝视大海,望着每一艘出港的船。可以看出,老人对大海的眷念。

在我站立的码头的对面,还有一条长长的堤坝伸向海里,与另一条遥遥相对。这两条堤,形成了一个澳,归来的渔船泊在澳口内,台风来时,风狂雨骤,澳是安全港湾。这澳,就是船的家,哪怕行得再远,也有归港的日子,也要泊在这港湾。

沿着渔村的小道,我去了对面的那条长堤。长堤上,不时有小小的螃蟹爬行着,速度之快,超出了我的想象。一位老人正补着渔网,一针一针、一线一线,那样专注。

海风吹来,满是腥味。我很享受这味,因为,它是海的味道,也是渔村的味道,原汁原味。

我总这样认为,没有海腥味的渔村不算是真正的渔村。

湄洲岛上看日出

不知怎的,一望见大海,心底便会涌起看日出的冲动。当我乘上往湄洲岛的轮渡,望着湛蓝湛蓝的海水,就在寻思,哪里是太阳升起的东方。上了岛,下榻郡雅酒店,就迫不及待地向酒店管理员了解,看日出的地方有多远?

管理人员热情地告诉我,这儿离看日出的地方很近,出了酒店往左,不要五分钟的路程,可见一处沙滩,那里便可以看见日出。她祝福我说,但愿明天没有雾。

第二天早上五点钟,我便出了宾馆,举目望着蓝天,一颗明亮的星星在星空中眨着眼。这颗星如出现在东方天空,便称"启明星",在夜空中,除了月亮,就数它最明亮了。这个星星如晚间出现在西方的天空,人们习惯地称它为"长庚星"或是"昏星"。我一边不时地抬头望着这颗启明星,一边步履匆匆地往海边赶去。太阳升起的方向,天色已经放亮,霞光映在天边。

横跨过公路,便是沙滩,哗哗的海浪涌动声传入了耳际。透过微明的光,我看见海滩上已经有了不少的人。踏过松软的沙滩，脱了鞋子，赤脚踩进了潮湿的沙子，这是昨晚被海水吻过的海滩。脚踩在上面，一丝凉意从脚心窜到心尖，非常的舒服。细润潮湿的沙滩上，留下了一串串脚印。

海滩如月牙，一条绵长的弧线。弧线的一边是海，另一边隔着沙滩是一排整齐的、具有莆田风韵的民居，在晨曦间似乎还在枕着波浪安静地睡眠。昨夜从这里经过，不少人坐在民居前的花园沐风听涛、观月品茗，当时就觉得，这意境好美、好闲适。

晨霞映着天边，色彩鲜艳明快，这时候，沙滩上的人渐渐地多了起来。细心地观察了一下，最多的是成双成对的青年男女，抑或是一些带着孩子的年轻母亲和结伴而来的年轻女子。此时的沙滩，最是浪漫，最为温馨。人们借着这缕晨光，留下一张又一张照片，尤其是那些青年男女，摆着各种姿势，秀着恩爱。有一对男女，在细软潮湿的沙子上划出一个大大的心，尔后两个人站在这个心中，手伸向蓝天，摆出一个心形，充满笑意。还有一位年轻的妈妈，蹲在沙滩上，为孩子留上美好的影像，神情那样专注。我顺着她拍照的方向望去，金色沙滩的一处，一位少女，一袭红裙，正拍着婚纱照。

霞光绚烂，湿润的沙滩也是绚烂的。霞光倒映在沙滩上，人们如站在画中等待晨阳从海平面跃出。他们的身子无一不是朝着太阳长虹升起的方向，留下的是逆光的身影。一位情侣牵着手向着太阳，一对年轻母亲牵着孩子走向太阳，一群年轻女子向着太阳自拍，还有一群男男女女，逐着浪，戏着水，笑声与涛声相和，享受着大海与晨阳带给他们的愉悦。

晨霞映天，晨霞映海，多情而浪漫。人们怀梦而来，在这里观赏日出，随日出放飞梦想。

从他们的口音中，我猜想他们多是从外省来的。他们不只是观赏日出，欣赏美丽的岛屿风光。他们更多的是为听听妈祖的故事，感受妈祖文化而来。湄洲，是海神妈祖的降生地，在世界各地流传着许许多多妈祖护佑万民的故事。人们怀着尊崇、敬仰之心而来，相信来了就好，越来越好。

太阳渐渐从海平面跃了出来，一条弧线、半个圆到露出整个面庞，之后又渐渐离开地平线。刚刚露出海平面的晨阳色彩嫣红，随着太阳的升高，色彩由红而黄。一条光柱，映在海面上，一叶轻舟从远处驶来，聚焦在光柱之下，海面添了些许生气。

晨阳越升越高，岛上一片金晖。海岛渐渐地热闹起来。公路上，车辆疾驶，他们向着朝圣妈祖的方向而去。

离开海滩，回到宾馆，沐浴洗漱。到了湄州岛，不去听听妈祖的故事，似乎虚了此行。

陶醉于湄洲的厚重的人文积淀与绮丽的自然风景，带着喜悦与不舍踏上归程。我站在船尾，远眺岛屿，望见岛之高处的那尊妈祖，我的心涌起美好的感觉。

我的耳帘，绕萦着"来了就好，越来越好"这个句子。什么是好，美好、安好、一切皆好。

海风徐徐吹来，带着初秋的凉爽。

梦

　　一个母亲，抱着孩子，那是抱着她的希望、她的梦想。

　　她踏着晨曦，沐着晨风，抱着孩子，一起来看日出，领略晨阳升起的满天霞光，领略晨阳映海的斑斓微波。太阳冉冉升起，希望也冉冉升起。

　　母亲抱着孩子，她的手比画着。可以想见，她在与怀中的孩子喃喃细语，说着晨阳的故事，说着宝贝就是母亲心中的"小太阳"。

　　孩子依偎着母亲，面对着太阳，脸稚嫩而通红。望着这晨阳下的母亲怀中的孩子，我突然想到，母亲就是孩子的"海"。这"海"之所以宽阔，因为有希望引航，她要呵护着心中的"小太阳"。

　　母亲与怀中的孩子一起来看太阳，一起来看美好。晨驱走了黑，是一天的开始。晨阳跃出海面的瞬间，拉开了一天美好的序幕。母亲啊！在为怀中的孩子种植美好，细心地为孩子系好人生的第一粒纽扣。她知道，希望是要呵护的。

　　海浪轻轻拍打着沙滩，也轻轻地吻着母亲的脚，哗哗的声音,温柔如语,与母亲的细语共鸣。怀中的孩子,向着太阳,笑脸盈盈。

孩子笑了,母亲也笑了。孩子望着太阳,望着晶莹多彩的海波而笑,母亲望着孩子绽放的笑脸而笑。

妻子依偎着丈夫的臂膀,孩子依偎着母亲的臂膀,就是这样依偎着,依偎出幸福、温馨。

清晨，漫步古城墙

长汀，是我很喜欢去的一个地方，不为别的，只因为那里有一座古城墙。每次去长汀，古城墙是我一定要去的地方，而我特别喜欢在清晨，乘着晨曦，望着星星，在日出时领略古城墙。

最近一次去古城墙，是在九月，秋分刚过，虽是秋时，但依旧觉得有些闷热。头天晚上刚走过店头街，看过卧龙书院，乘着朦胧夜色登城墙，上城楼，俯视汀江，灯火映照，五光十色。远眺城区，高楼之上，灯火辉煌。城楼品茶，不时可见年轻情侣借着灯火留下张张倩影。记得昨晚，穿过湖头街，熙熙攘攘，好不热闹。长汀的夜，热闹而又浪漫。

从古城墙回来，心还惦着，灯火映照的长汀，很美，很浪漫。在这明明灭灭的灯火中，感受到"众里寻他千百度，蓦然回首，那人却在灯火阑珊中"的诗意。长汀，犹如一位美女子，尽显独有的风韵。

晨有晨景，夜有夜色，晨有晨曲，暮有暮歌。长汀的夜景很美，但还是压抑不住晨时领略古城墙的冲动，尽管我去了多次，此时也已近午夜。

天色微明，我几乎带着小跑去了古城墙的。太阳升起的那个地方已经吐白，我寻思着一定要在太阳跃出山头、斜映汀江、辉映城楼那一刻，到达古城墙。我穿过城门，跨过护城河，站在桥的那端，欣赏晨阳下的古城墙。它与汀江相依相偎。这江，是这座城市的护城河，也是这座城市的母亲河。古时，没有公路、铁路，更没有飞机，没有四通八达、纵横交错的现代交通网络，江河就是路。有了汀江，才有汀州府。之后，我又跨过桥，穿过城上的涵洞，上了城墙。晨阳映照城墙，风中飘扬的一面面旌旗格外鲜艳。阳光给人生气，让人心生希望。我站在城墙上，往前眺望，又转过身向着另一个方向眺望，长长的城墙，牵古连今，诉说着这座城的往昔。

久违而又熟悉的声音传入耳中，这种声音，回荡江边。我身倚城墙，寻声而去，两位女子相向而座，正在江边浣衣。她们聊着天，时而抡起棒槌，槌衣物，时而拿起刷子刷洗，时而拎起衣物放入江中漂洗，动作娴熟而又充满柔情。在我的眼前，仿佛看到一条条舟船正在起锚，一张张竹筏顺江而下，那船歌号子与女子的棒槌声交织在一起，温暖而柔情。棒槌声敲击着汉子的心扉，雄浑的号子是汉子对女子的回应，他们在刚与柔中演绎着这座城市的爱，慢慢地生成这座城市的文化，弥漫着这座县城的温馨。望着这番情景，想着，这声音，是否可以唤起乡愁。哪怕走得再远，走到何处，这种声音总是音犹在耳。只要这种声音萦绕，心中便充盈满满乡愁。

行走城墙，我见到最多的是上了年纪的老人，有的老年夫妻执手相伴，看了让人羡慕。执子之手，与子偕老。这句话虽然在婚礼上常常听到，但当我见到这番情景还是觉得格外温馨。有的老人在城墙上打着太极拳，神情怡然自得，专注而投入。还有的老人端坐在城墙前，面向汀州吟诵，发思古之幽情。行走间，不时可以听到老人相互打着招呼，浓浓的乡音中，是岁月沉淀出的友情。

昨晚，我曾经站在城墙的同一个地方，望着灯火，欣赏夜色中的城。晨时，我又随着晨阳的升起欣赏这座城墙，环顾这座城市，俯瞰汀江。汀江湛蓝的水潺潺而流。

夜的长汀，由喧闹而安静；晨的长汀，由恬静而喧嚣。汽车声传来，驶出城门……

长汀的城墙如一本书，走近它，细读它，温习它，感到温情，感受温度。

常口短章

2024年元月4日，天气清朗，我从福州去了将乐常口村。一路上，心情愉悦。可以再见常口了。记得三年前，曾经去过常口，给我留下了深刻的印象，总有一种再见常口的冲动。

一

我赶在夜幕降临前，拍了这么一张照片，在手机里慢慢地欣赏，渐渐地陶醉于美景之中。这是中国最美的河段之一，福建母亲河的支流，将乐金溪的常口段。

大自然的美，各有各美。记得在三峡大坝建成之前，欣赏三峡，惊叹的是三峡的险、三峡的峻，是纤夫的雄浑号子。如今，高峡出平湖，三峡的美，是它的辽阔的湖泊，是依旧露在水面的山峰，是平静的美。这常口河段的美也一样，在下游两千米处筑起了坝，湍急的溪到这里成了湖。正是日落时分，霞晖映湖，微波荡漾，几叶轻舟轻摇，渔翁或是往湖中放下鱼钩，或是拉上放了一整个白天的鱼钩，好一幅渔舟唱晚的景色。

这湖的美，美在夕阳映照，美在烟雨朦胧时。我顺江水溯望，远处的山层层叠叠、隐隐约约。最近的一座峰横亘溪中，当地人称它"回头峰"。这名取得好。人们赏了这江色，难免流连忘返，忘了归程。

二

夜，风吹得让人觉得有点冷意。吃罢晚饭，在庭院站立了一会儿，欣赏乡村夜景。红红的灯笼，如同星星一样点缀在旷野之中，让夜色变得温馨而又浪漫。旷野中的一座亭子，灯饰如皇冠镶嵌，与红红的灯笼一起，装倩田野。我掏出手机，想拍这乡村夜景，可红红的灯笼在手机中却变了色，就如我在海边看日出，红彤彤的晨阳跃出海平面，可到了我的手机中，红彤彤的晨阳却变成黄色了，心总觉得遗憾。

我沿着小道漫步，享受这夜色。过去人们常说，夜的村庄沉寂得有些透不过气来，如今，乡村的夜，虽然还是宁静，但却不孤寂。村子里，家家户户灯火通明，有的人家在客厅里唠着家常，有的在打着扑克。村口小卖部还未打烊，店主人与村民们闲聊着，消遣夜的时光。第二天早上，我又到了昨晚拍照的地方，灯光已经熄去。那亭子原来在荷田中央，一条栈道连着荷田，昨晚见到的灯笼倒影映在这荷田中央。亭子上有一匾额，上书"清莲"二字。

三

常口村的早晨，被云雾笼罩着，目之所见，都是朦朦胧胧、隐隐约约的。远处的山朦朦胧胧，山脚下的那片田园朦朦胧胧，近处沟壑旁的那列柳树隐隐约约，荷田里的残荷隐隐约约。这朦胧隐约，让我想起"犹抱琵琶半遮面"，云雾遮面，欲看而不能。这村庄，这田园，云雾浸润，有着"琵琶女"般的美感。满田残荷，又让我想起"维纳斯"的残缺美，因为残缺，给人充分想象。残荷，是冬季荷田的景象。我以为残荷只是冬的表象，它的骨子里依旧"亭亭玉立"，依旧"出淤泥而不染"。即使荷叶凋零，荷枝依旧孤傲地立在水中，小鸟立于枝头，为之吟唱。我站在荷田的栈桥上眺望，荷田边长堤上，杨柳依旧青绿。堤岸处，一处颇有特色的建筑。这景，好似一张很有意蕴的村居图，尤其是朦胧中的那一点红，点活了画面。这景倒影在荷田里，添了层次感。山村的晨朦朦胧胧，山村之美也在于朦胧之美。我在这朦胧中，去读乡村，读得心底涌起甜蜜，读得诗意涌动。

四

村口的那棵老樟树，紧紧挨着一座神龛，它们是这个村的精神地标，也是村民的精神寄托。

我仰望这株老樟树，树干笔直，树冠繁茂，枝叶青绿。它是一株历了岁月、沐了风雨、见证变迁的"风水树"。三年前，我来到这个村，同样怀着虔诚的心仰望着这棵老樟树。那时，眼前还没有这条宽敞的柏油路，如今，宽敞的柏油路从老樟树前，从这座神龛前，向村里延伸，向大山深处延伸。

神龛的烛火燃烧着，香烟缭绕，案桌上有村民供奉的水果，村民们祈求五福纳祥、风调雨顺。

去过许多村庄，"风水树"大多在村口，成了村的标志。如果你向村民打听村庄怎么走，他们会告诉你，沿着这条路，到了前面路口拐个弯，见到一棵"风水树"就到了。那口气，很为这棵"风水树"自豪。也时常听到游子说起家乡，说起家乡的"风水树"，无论眼神还是语气，都带着虔诚。他们说，那是乡愁的依归。外出时，总是回眸，渴望护佑；归来时，总是眺望，游子归家。

村口的那棵老樟树，是可以寄予心愿的地方，是可以诉说忧愁的地方，是可以祈福的地方。

我虔诚地望着那座神龛、那棵老樟树，虔诚地祈福。

看古楼　逛古街　品美食
——"武夷梦华录"游历记

2023年9月18日夜，我去了位于建阳考亭的"武夷梦华录"景区。至今，那一座座古建筑一直浮现我的眼帘，挥之不去。如梦如幻的灯光，沉浸式的表演，宋式风格的街区，让我觉得穿越了时空。

说起考亭，我非常的熟悉。我曾经在建阳黄花山工作了几年，闲暇时，常到这里游玩。考亭湖光山色，风景秀丽。立于溪畔的石牌坊告诉我，这里曾经是朱熹讲学的地方，后来，考亭书院得以恢复重建，气势恢宏。几年前，这里开始建设具有宋代风格的景区。我有些不以为然，建阳毗邻武夷山，自然风光优美，再造人工景区会吸引人吗？记得那天，走进景区，我被一幢幢精美绝伦的古建设所陶醉，当时就心生感叹。这处景区，可不是我们通常所见到的仿古建筑，映入眼帘的建筑，皆是原汁原味地取自闽北及浙赣皖地区的古代建筑。它们原本分散在不同地方，经过迁徙，重新坐落人文厚重的考亭之地。仅隔两年时光，当朋友再次邀请走进景区时，我以为还是原来模样，没有多大的兴趣。朋友告诉我，不一样了，变化挺大的，而且这个景区学有了一个好听的名字"武夷梦华录"。因朋友的热情，我还是去了。可这一去，惊艳了我，忙对朋友道谢，不来就枉到建阳了。

下车伊始，气派恢宏的牌楼式古建筑震撼了我，牌楼悬挂"武夷梦华录"匾额。我有些不解，问这一名称的由来。导游说，这名字源于明代旅行家徐霞客的《武夷山梦华录》。这部著作主要记录了武夷山的历史、文化、风俗、名胜、奇观及其相关的传说和故事等。"梦华录"源于"梦游华胥"，出自《列子·黄帝》，意指梦游华胥之国。我猜想，徐霞客先生取名"武夷山梦华录"时，一定是受到"梦游华胥"的影响。今人巧借徐霞客的《武夷山梦华录》这一书名，取名"武夷梦华录"，既突显了武夷文化品牌，又体现了文化传承，令我在景区内也梦游一番。

进了景区，一座又一座的古建筑令人目不暇接。边赏边听导游说，景区内的古建筑大大小小有几十座，有从水上打捞上来的宋代牌坊，也有从全国各地搬来复原的建筑，它们为景区奠定了基础。最先见到的是五凤楼，这楼因左右两边各有五个相互对称的翼角如五对展翅飞翔的凤凰，而得名。门楼上，雕刻了上百位历史人物、数十个典故。其中一根梁上雕刻着一幅拜寿图。记得上次来时，古街广场旁的古戏台梁上也雕刻着拜寿图。我问导游，这两幅图之间有区别吗？导游耐心地给我解释了它们之间略微的差别。走过五凤楼，便进了龙华书院。这是从浙东地区搬来的建筑，建筑格局呈"日"字形，柱子林立，空旷通透。站在书院中央，耳际仿佛听到朗朗书声。走过小桥，清流潺潺。问渠那得清如许？为有源头活水来。我不禁吟起朱熹的《观书有感二首·其一》。驻足小桥，观赏沉静式表演，在亦步亦赏中去了茗饮居。它算不上气派，也谈不上宏伟，但如果从用料来说，其他建筑就难以与之相较了。这个建筑整体木构用了珍贵的金丝楠木，每根柱子都从内部透出金丝光泽，奢华、低调、雅致。小时候，曾听父亲说用金丝楠木打造的箱子，是姑娘陪嫁的奢侈品了。后来，遇见了，听到金丝楠木的茶桌，品茶人就发出的"啧、啧"的赞叹声。在人们的眼里，金丝楠木是木中极品。如今，见到整幢建筑皆由金丝楠木为柱，更是让我开了眼界。站在茗饮居环顾，樊楼、文渊阁、建州会馆、长乐坊……尽收眼底。它们在灯光变换中，更加迷人。这里的建筑都在告诉我们，他们的曾经。这曾经，有繁华，也有沧桑。

这里的每一座古建筑，都有自己的故事，如今，他们汇聚于此，仿佛是建筑的大观园。导游告诉我，将这几十幢古建筑搬移到这里的是一位民营企业家。我更是惊愕，这是多么巨大的一项工程啊！他必须淘宝式地去发现这些古建筑，又必须将整栋建筑拆分开来。说起拆分，何其困难？中国古代建筑不用一颗钉子，用的是榫卯技术，要小心翼翼依榫卯拆分开来，再编上号，经过长途跋涉在这里重新建起，保留原先精美的样子，雕梁画栋，气韵生动，栩栩如生。在晦庵草堂内，见十二根超粗的红色石柱，每根重达六吨，在古代没有机械作业的情况上，可想见其建造之难。就是在今天有了机械，要把这些石柱完好无损地迁来，也不是件容易的中。我从这一拆一建中，从这些可能毁掉消失的古建筑中，看到这位民营企业家的情怀。我在想着，"武夷梦华录"的"梦"，也包含这位民营企业家的梦。心中有梦，就让梦成真。

　　景区再现宋代风韵，眺望古街，灯光忽明忽暗，会让人想起宋代词人辛弃疾《青玉案·元夕》。沉浸式的演出，会让人眼帘浮现宋时《清明上河图》的景象，歌舞升平。建阳人有着宋代情节，在建阳的历史上，宋代是最为辉煌的一笔。朱熹人生的最后八年在这里讲学，因此有了"朱熹故里"之说。这里是世界法医学鼻祖宋慈和"程门立雪"的主人公游酢的家乡。这里还是宋代三大印刷中心之一，享有"图书之府""建本之乡"的美誉。在这里建设宋代古街，再现宋代建阳那份荣光，也抒发了建阳人久藏于心的眷念之情。行走于古街，走进座座建筑，可以感受人文底蕴。我们可以静静地坐在庭院内，看着擂茶表演，品着用建盏盛着的茶，既品茶也品盏。走进长乐坊，感受建筑中所体现的"天圆地方、天人合一"的中国文化内涵。从精美石雕图案中体会人们的美好寄寓，"天官赐福""紫气东南""老子出关"。在红妆馆内，一派喜气，这里保留着一整套十里红妆的行头，立于庭院、铺着红地毯的台子，耳际传来欢乐的乐曲，眼帘似乎望见一袭红妆的新人。在时光局里，可以从上百种汉服中挑上一件，仿佛穿越了时光……建筑不仅是一个空间，更吸纳和展示文化。我行走于景区之中，感受到景区的建设者不只是满足于将古建筑搬来安家此地，更考虑如何活化利用，让每一幢古建筑都充盈着文化。

民以食为天。中国饮食文化从来就是中国文化的一个组成部分。徜徉街区，不时可以望见路边的小摊，穿着宋装的伙计在摊位上煎着饼，还有建阳各式各样的糕点。走进孝子茶馆，在品茗间听听以茶待客、以茶相赠、以茶祭祀的民俗故事，体会饮茶习俗如何渗透宋代建阳社会生活的方方面面。在沧州别舍，品品文公宴，喝喝朱子家酒，听一听有关朱子文化的故事……其实，我们说，饮食文化，不只是食，更在于食中蕴含的文化，以及它所具有的象征意义。就如中秋赏月吃月饼寄寓着团圆，春节为一年初始，年糕寓意着

"年年高"一样，这些寓意丰富了饮食的内涵。

我拿起一块酸枣糕送入嘴中，酸酸甜甜，儿时的记忆一下涌了上来。想起的儿时爬上酸枣树，将那些还有些青涩的酸枣塞入嘴中，酸得牙齿发软，尽管这样，还是一粒粒地往嘴里送。想起这些，就有着对时光似水的不舍。

夜色柔美，湖光斑斓，山色朦胧，整个景区，与大自然和谐地融为一体，既传承了中国古代空间美学的营造之妙，又结合了现代空间美学的工艺之精，移步换景，宛若一幅画卷映入眼帘，给人以"承古纳今"的艺术享受。

穿过承古堂，它采用造型极简的玻璃幕墙，做到了现代建筑艺术与古代建筑艺术的交融。这也向我们昭示，我们都是承古而来，又向着未来而去。

历史就是这样，不会止息。

美：天村稠岭　佛子山

稠岭村在政和县外屯乡，原来村名叫"筹岭"。村子名称与路有关。海拔千米，山高路陡，行路难，难于上青天。修路乃村民梦想，又苦于没有资金。为了圆梦，乡人有钱出钱，有力出力，筑起了一条"通天"之路，以"筹岭"村名以记之。"筹岭"地处千米稠岭之巅，"筹""稠"同音，后又为方便以"稠"代"筹"，有了今天"稠岭"村名。在古时，有人戏称"筹岭"为"愁岭"，山高水冷，为生计发愁也。如今，这村还有一个别名："天村"，一个坐落在云天之上的村庄，有人索性称之为"天村稠岭"或是"稠岭天村"。

吃罢晚饭后，便乘着夜色从县城去了"天村"，近一个小时的车程便到了"天村"。夜的天村如一位睡美人，非常的静谧。蟋蟀"知、知"声传入耳帘，晚风徐徐拂面带着些许凉意。举目仰望，天上的星星眨着眼，朦胧的月儿挂天际。朗月下，可以望见与天村遥遥相对的一座山，当地人告诉我，这就是佛子山。

晨曦，夜幕还没有完全褪去，我就走向户外，在晨曦中望着对面的佛子山，山之巅形如一尊坐佛，笔架峰，猪头岩等名胜尽收眼底。这山拥有"国家级风景名胜区""国家地质公园"的美名，有人称之为"小黄山"，又有人将之比作"香格里拉"。站在观景平台上眺望远方，一道道山脊线如一道道平缓的弧线，弧线与弧线叠加，勾勒出重重山峦。从平台俯视便是峡谷，层层叠叠，让人看了有些心悸。我目之所见的景色并不是"天村"最美的景色。当地人说，在这平台上，可以观赏云海涌动，晨阳从佛子山的东面跃出时，云海泛着金色；可以欣赏到云雾缭绕，云卷云舒，山时而被云紧紧裹着，时而撩开面纱，含着羞涩；可以望见烟雨朦胧的山。这些，都还不是最美丽的。村民又说，最美的应当是雨雪中的佛子山。当地同志拿了几张照片给我看，美呆了，佛子山银装素裹，雄浑中带着娇柔。

稠岭村是一个有着四百多年历史的古村落。披着晨霞，行走在村中小道上，黄色的土墙透着古朴，鸡鸣声不时地从四面八方传入耳际。只闻其声，不见其影，这鸡都到哪里去了呢？一位农妇正拎着一桶鸡食往村外田野中走去。她告诉我，她是给鸡喂食去。原来此起彼伏的鸡鸣声是从田野中传来的。村民们在田园中搭起鸡舍，鸡圈养在这田野中。穿梭村子，随处可见红红灯笼，有的挂在民居的屋檐下，有的一个挨着一个挂在小道上，成了一道风景。

村里的一些民居被辟为民宿或小菜馆。一位村民正在屋前的菜园子里收获蔬菜。这才是真正的当地"土菜"啊！自家菜园子种出的菜，自家田园里圈养的鸡鸭，村庄四野皆是翠竹，冬有竹笋，春有春笋，夏天还有绿竹笋。另一家民居前不高的残墙上晒着野生金银花和草根。老人告诉我，在鸡鸭中放上一些烹饪，可以养身。这不只是"土菜"，而是"药膳"了。如今，村庄如一坛尘封的老酒，游人们闻香而来，或漫步乡村小路，或坐在观景平台，斟一壶时光的酒，品一杯长在云间的政和白茶，近看村庄，远眺群山，蓝天白云、云卷云舒。夜晚，可以呼朋唤友，围炉而坐，引手摘星辰，让云气扑面，枕着山水入梦，揽星月入怀，披云天同眠。晨时，听鸡吠相闻，看炊烟斜出，那是何等的惬意！

"云半间""三秋四季"是两处民宿的名字。这名，很有诗意，概括了稠岭天村的意韵。云半间，我住半间，云住半间，我与云同住一屋。"三秋四季"，取"一日不见如隔三秋"之意，三秋，一日也；四季，一年也。这意思是说，映入眼帘的景色日日不同，四季不同。在我看来，还不止于日日不同。而是时时不同，光影造景，晨曦时和阳光高照时，景色就各美其美。太阳爬上柳杉，虽是背光，但与村头长廊伸向苍穹的翘角相呼应，宁静而又磅礴。

美的不只是它的村落，美的还有田园，层层的梯田、茶田、翠竹展示出立体之美。金秋可以望见向日葵，春天可以欣赏到油菜花、百日草。这花开得层层叠叠，开在云雾之中，别有一番的意境。村边一块巨石，勒着"天音"二字。当地人说，巨石中间有一道缝隙，风吹时，发出的声音有如"天籁之音"，故取名为"天音"。

去了村子后面的花园，这是游人休闲之处，也是娱乐之地。我见到这片花园时，顿感这是天然之美与人工之美的完美结合。花园建在谷口，是村庄中眺望风景的最佳"窗口"。用树木搭起的简易的牌楼上挂着"福建凉都，天村稠岭"匾额。不远处的土地上，有一个图案，让人一看，便知它在表达的是"我爱天村"。"我"是英文的，爱是心形的，浪漫温馨。这里是一处网红打卡点，我顺着长长栈道望去，栈道上有好几处观景平台。在不同平台观景，所欣赏到的景色也各不相同，给人一种移步移景的享受。每个平台，都成了网红打卡点。

花园还有几处木屋和几处凉棚。盛夏时，这里凉风习习。游客们坐在这里沐着清风，吃着烧烤，品着白茶，日观云雾，与佛子山对语，夜数星月，与星云脉脉。我坐在花园中，不仅享受大自然之美，而且陶醉于这里的鲜花。我有些惊诧，田野小道的路边，红、黄、白、紫，间杂在一起，非常的艳丽，初看还以为是人工拼花，俯下身子用手触摸，这是实实在在的鲜花。

村子前是一处广场，挨着大门，便见一列牌楼，"四民咸赖"高悬牌楼中央。楼宇古色古香，是村中最恢宏气派的一幢楼宇。晨阳沐浴牌楼，泛着金光，确如一处匾额所书，"春和景明"。廊中木柱两两相对，每对木柱，都挂着一副对联。"雨后薄烟玉镶山，云中高树绿垂檐"……一幅幅欣赏，一幅幅品味，在门楼的一方还悬挂着"福小宣闽北讲习班·政和板凳微宣讲"。门楼的另一旁，沿墙而建的功德榜，记载为这长廊建造捐资的人士。我吮吸到了乡村的文气，乡愁也在心中萦绕。

夜幕降临时，村广场上会组织一些晚会，游客们燃起篝火，尽情地跳着，也可以一展歌喉，尽情地嗨着、乐着。夜的天村不只是宁静，也有喧闹。

稠岭遥对佛子山，虽说相看两不厌，也正因为相看，更有了走进的欲望。横看成岭侧成峰，远近高低各不同。来之前，翻阅了佛子山的画册，上网查看了介绍佛子山风景名胜的文章和图片，狮峰、笔架山、天生岩、天柱岩、夫妻岩、猪面岩、猴岩等山峰崖石险峭峻拔，云海、雾气气势磅礴，变幻莫测。画册首页的一段话更撩起了我的欲望：地质专家说："这里是火山地质奇观。"生物专家说："这里是生物资源宝库。"旅游专家说："这里是游人陶醉仙境。"哲学家说：

"这里是寄不变于万变之中。"教育家说:"这里是科普园地。"医学专家说:"这里是怡情疗养胜地。"百闻不如一见,欲识佛子山,就走进佛子山。

早饭后,乡干部江伟陪同我去了佛子山,他对佛子山的情况十分了解,一路上讲述着佛子山的故事。我们沿着一条小路进山,走了一段与新开发了栈道相衔接。沿着栈道,时而拾级而上,时而平缓而行,时而又逐级而下。江伟告诉我,沿着栈道走上一圈,大约三个小时的路程。

我们时而仰目观崖,百多米的悬崖峭壁直入云霄,火山岩崖壁黝黯,在晨阳映照下泛着油光,长在崖壁上的一棵树在阳光中嫩绿欲滴。泉水沿着崖顶流下,在断崖处成了瀑布,瀑布不大,滴声清幽。时而举目眺望,早上我从稠岭看佛子山,现在我站在佛子山看稠岭,稠岭有着远眺之美。时而平望,看到了藏于夫妻岩中的佛子岩,独看犹如虔诚佛家弟子面壁参禅,形神兼备,与夫妻岩组合来看,又似一家人。时而俯视低望,峰岩皆入眼底,青松与之同框。江伟颇为自豪地问我,像不像黄山?我定睛而望,确有黄山韵致。江伟说,当地人称它"小黄山"。我站在观景平台上,清风吹拂,美景入眼,忘却了劳累。江伟说,佛子山四季皆美,冬时,在这里可以赏到雪景,观到雾凇。他在手机中搜出几张,美呆了。他告诉我,这里海拔一千多米,每年冬季,都会下雪，都可以观赏到雪景。

站在山巅观景平台，环顾四野群山，青翠连绵，林木丰茂。记得行走栈道时，随处可见南方红豆杉、银杏、竹柏、油杉、柳杉、三尖杉、香樟、楠木……好一片林海啊！苍翠欲滴。其实，眼前的佛子山只是景区的一个部分，景区面积达一百三十多平方千米，难怪它享有"雄秀东南"之美名，是人们观光、探险、科普、休闲、度假的好处去。

陶醉在佛子山的灵山秀水中，又感到它似乎依旧"锁在深闺"少人至。一路走来，游客无几。当地的百姓告诉我，节假日时有些游人，其他时间，游人不是很多。名山却寂寞，也许是因福建多名山，而政和又地处偏隅。福建名山虽多，但也各领风骚，各美其美。佛子山有着自己的独特韵致，有着与其他名山不同的美。说起交通，时代变迁，政和已不再地处偏隅，此行从福州来到政和，先是一个多小时的动车，再一个多小时的长途车就到了佛子山。福州还有直达政和的绿皮车，三个多小时的光景就也可达政和，至于自驾，那更是便利，从福州出发，一路高速，近三个小时就可到达天村稠岭。

望着佛子山，望着沿山脊而建的栈道：它最适合驴友活动。我想着，可否以山地活动为突破，定期举办山地越野活动，让登山爱好者走进佛子山？网络时代，人人都是自媒体，人人都是记者，我们要通通过各种形式，告诉世人，在福建政和，有这样一处人间福地——佛子山，让更多人看到佛子山的仙境之美。

竹篱笆下的花

有人说，它似画家笔下的油画，色彩那样的鲜亮。有人说，它是人工拼出的花，各色的花交织在一起。我说，这是我在海拔千米的政和县稠岭村拍摄到的开在路边竹篱笆下的花。当时我看了，有些惊讶：在花，开得如此娇艳。花瓣上，沾着晨露，娇滴滴的。

我俯下身子，静静地欣赏。花沿着竹篱，长成了一条长长的花带。这条花带，带着土香、竹篱的土性，有着别样的风韵。

花本是不经意地开在山野，绽放在原野，随风婀娜，随季开放，开得随性，田间、地头、涧边、坡岭……后来，我们爱花，将它移植在了盆里，或植于公园，或种于街边，或置于厅堂。城市有花，会让人觉得温馨。

走了许多乡村，走进许多农家，发现乡村人爱花比城里人来得炽烈。宅院中的天井养着兰花，房前屋后开着鲜艳的花。这花，跟城里开的花还是有些不一样，种得随意，开得率真。守望田园，举目皆见花，渐生了他们的爱花之心。爱美之心人皆有之，追溯花之源，皆从乡间来，带着土香。

这花开在千米海拔之上有着"天村"之称的䌷岭，也可以说是开在了云端之上。我很感佩，养花人把色彩各异的花调和在一起，在同一个季节里开放。

这花，美了天村。

林中素描

行走在佛子山的栈道上，不时可望见攀缘于树干上的柔曼藤子，长在岩石边上的青苔，开在涧边碎石中的看上去非常柔弱的花儿，还有松树、翠竹、栗子树、不多见的红豆杉，更多叫不出名的树和竹。林中满地的落叶，好如地毯，踏上去松软、松软的。在这林子里可听着鸟鸣鹤应，不时还有些松鼠从这棵树跳上那棵树，还可听到泉水从高崖沿壁而落的清幽声。崖之下潭水清许，小鱼儿在潭中欢游。仰目眺望湛蓝天际，阳光照着林子，青绿与金晖相映。

这林子，不仅有景，而且有声、有色。游人不多，却不寂寞，为景所迷，为声所醉。

"小黄山"之遐思

伫立此地望山,似曾相识,当地人称之"小黄山"也。此言道明,似安徽黄山也。何似?松也。

山之崖,一松傲立,枝杆旁斜,经风沐雪,苍翠遒劲,其形其神有如黄山松也。尤其冬时,此山白雪皑皑,让人观之,透"大雪压青松,青松挺且直"之势。看似,其神其势,确有黄山松之势也。

人何喜以"小黄山"称之,说明黄山松在人心中之地位。黄山之出名,其松也。其松,人又称之迎客松,其不只是一棵树也,注入人之情也,表达主人待客之心。走过许多山,凡见崖之松,就会自问,似黄山松否?其实也便在问,似迎客松否?我以为,我见到的这景,也可谓之为东南之迎客松也。

此山,虽有"小黄山"之称,然又有些许差异也。松之后,有岩崖耸立,其状如笔架,当地人称此景为文笔峰也。寓之人之情怀,让此山文气顿生。走过许多名居,其居多面山,山前有溪流湖池。遥望山峰,状如笔架,当地人称笔架峰。文笔笔架相望，溪水相伴，人杰地灵、风水宝地也。

苍翠之松与此山相映相辉，不止添了山之美也，更可见山之灵性，更添人文之气。

此山，政和佛子山也。此景，第二观景平台可望。

吾望之，心怡然也。

温润和静的松溪

松溪是县名,又是母亲河的名称。湛卢是一座山名,又是县城的别称。县城依偎在湛卢山下。松溪如一条玉带,环绕城边,彩虹桥倒映溪水。湛蓝的天空,疏朗的云,山与天相接处一片嫣红。悦耳的鸟鸣声传入耳际,不时还可隐约听到鸡鸣声。鸟鸣山更幽,这声音更让我觉得城的静幽。

一位在外地工作的松溪人这样评价她的家乡:"小巧宁静舒适是她的特点,走在街上不慌不忙、悠闲自在,就像小时候看到的水牛大摇大摆穿街而过。即便现在街上跑着的电动车,也是无声无息地从身边轻轻划过……街道两边种着梧桐树,树冠像一把打开的伞,夏时走在街上,都不需要戴遮阳帽。他说,他的家乡确实蛮美的,想起来,就更美了。"

松溪是一座有着一千七百多年历史底蕴的县城,古时"两岸多乔松,有百里松荫碧长溪",县名由此而来。在城乡中随意走走,古韵扑面而来,遗迹随处可见。始建于宋咸淳年间(1265—1274)的奎光塔屹立于县城西郊虎头岩上,成为寄寓乡愁之标志性建筑。湛卢宝剑列古代五大名剑之首,宋代九龙窑青瓷享誉东南亚和日本等地，松溪版画秉承古代建安刻版印刷遗风，松溪人以此为傲，誉之为"松溪三宝"。朱熹曾在湛卢山筑"吟室"讲学授徒，至今遗址犹存。明清时期，梅口埠乃万里茶道的必经之路，也是松溪九龙窑珠光青瓷南运、食盐北运的必经之地，商贾云集。

欣赏松溪，如欣赏玲珑的盆景，虽是造化自然，透着天然去雕饰的小巧之美，又如欣赏一朵开在山野的小花，虽不如牡丹那样鲜艳夺目，但觉得它含着小家碧玉的风韵。这风韵，有着自然与人文、古韵与现代交融出的温润和静之美。

如果要我给这座县城写个推介语，我会用"温润松溪，壮美湛卢"八个字。它氤氲出好山好水，也氤氲出和静刚柔的人文气质。

松溪，温润如玉，壮美似画。

夕照梅口埠

梅口埠在离松溪县城二十多千米的地方。下午五点左右，急匆匆地去了那里，想领略一下夕阳余晖映照下的古渡。

溪水湛蓝，静静地流淌，山峦连绵，斜阳柔柔地泼洒在青山绿水中。山在水波中轻轻晃动，添了山色的静谧。循着溪岸望去，一条石堤从岸边正伸到溪的中央，两艘小船泊在堤岸，船帮插着带着黄边的红旗，在微风徐徐展动。站在堤岸向前眺望，溪流由近及远，消没在远处的群山之中，又有几叶轻舟驶入溪河，几只飞鸟盘旋，翅膀在阳光中抖动。我伫立石堤，看斜阳映山水的景致，给我风静听溪流的享受。向右望去，木质的牌坊上的匾额题写"梅口埠"三个字，匾额之下还立着一块"仪制令"——"贱避贵，轻避重，少避老，去避来"，这应该是渡口的"交通规则"了吧！

梅口古埠始建于宋代，已有一千多年的历史，也是闽北古代繁荣的商品集散地码头之一。我看梅口埠，联想到铁路、公路，还有航空。其实，在古代，最发达的路就是水路，水网便是路网，这路可以通江达海。梅口埠是发达水路网中的一个结点，是万里茶道的必经之路，也是松溪九龙窑珠光青瓷南运、食盐北运的必经之地。据记载，当时每天有两百多艘南来北往的商船停泊这里，四百多名码头工人在这里装卸货物。因运而兴，梅口埠渐渐成了重要集镇。走在老街，古戏台、老茶楼、酒坊……隐约可见。"梅口地上尽是油，三天不驮满地流。"它的富足可见一斑。

木牌坊边，一处形如衙门之老屋，匾额上书"钞关"二字，这是古时设置的管理衙门，旨在征收船税，维护贸易秩序。

时光流逝，梅口埠在岁月变迁中失去了码头的功用，已经成为AAAA级景区，吸引不少游客驻足于此。

徜徉梅口埠，观溪流，望古厝，读楹联，我的眼帘似乎浮现熙熙攘攘的人影，耳帘萦绕嘈嘈杂杂的声音。夕阳将落去，码头渐渐宁静，老街开始热闹起来。

我坐在案前，欣赏手机拍摄的梅口埠的每一张照片，浮想联翩……

梅口埠吟

梅口古埠,始于宋时,距今一千多年。乃是松溪境内最尾之渡口,曾名"溪尾埠",时人不喜"尾"字,用梅口取之,名有诗意也。

甲辰四月,从县城往渡口,驱车二十千米抵达。伫立古渡口,舟船泊岸,风扬旌旗,木制牌坊矗立,上书"梅口埠"。夕阳照远山,映碧水,一派静幽。水道蜿蜒,穿越重山,入剑溪。

行走于古街,宛如穿越时光,千年岁月已逝,然依稀可见古渡曾经繁荣景象。樟林绿意盎然,古戏台余音缭绕,古码头人声鼎沸、往来穿梭,书院书声朗朗,茶室中商贾云集,酒肆里宾客满座、一派繁荣。行于古街,品百里松荫碧;长溪自然清新,感古码头厚重人文韵味。

随时代变迁,水道之功能不再。为赓续传承,保护历史之遗迹,重修梅口埠,展古渡风韵。行于梅口埠,心生乡愁也。

闽东短章（四篇）

五月，既有春的韵致，又有初夏的景色。去了闽东，陶醉海上牧场，远眺鸳鸯草场，吮吸山巅茶园茶香盈胸，平望大山深处缕缕人烟，思绪万千，抒之于笔端。

又见海上牧场

说起牧场，人们一定会想到草原，想到那天高云低的牛羊悠闲地啃着草儿，想到疾驰的马儿的奔腾气势。海上牧场中的就是碧海中畅游摄食的鱼儿。

那天，去三都澳的海上养殖基地参加一个活动，心很是兴奋，可以又见许久未见的海上牧场。十多年前，曾经去了被称为"海上渔村"的海上养殖基地，其景历历在目：苍穹之下，波浪荡漾，一个网箱连着一个网箱，连绵铺陈开去，海流轻轻地拍打着网箱，鱼儿在网箱内欢快地游着。我在船上眺望，海面上皆是密匝匝的网箱，让人看了，觉得有些透不过气来。

再次登上去往海上养殖基地的船,蓝天白云,浪花飞卷,远处的山,近处的海,海面阔了,干净了,整洁了,没有往日的零乱。好美的景色,我站在船头,拿着手机不停地拍照,觉得哪里都是景。

不一会儿,船到了基地。所见到的基地,宛若海上社区,中央是一块几个篮球场大小的绿色平台,平台的四周,有党员活动中心、行政服务中心、派出所,还有法院设立的法庭、检察院设立的检察室。网箱之间,留出了足够的水道,一艘船正缓缓地行驶。要买水吗?要买菜吗?喇叭在喊着。渔民告诉我,这里还有物流中心,养殖所需要的各种物资,在这里都可以配送。

和我对话的渔民听口音好像不是本地人。他告诉我,他是外地人,他的家乡本无海,来到了这里"打工",成了"新渔民"。他说,他的任务就是给鱼儿喂食。说着,他用勺子从桶里舀起一勺食抛向网箱,网箱顿时激越起来,鱼儿扑腾抢着食,溅起晶莹的水花。他说,这网箱里是石斑鱼,活跃性超过大黄鱼。他又舀些食抛向其他网箱,抢食的场面远没有石斑鱼抢食激烈。这一网箱有多少尾鱼啊?五万尾左右。我不禁吃了一惊。渔民告诉我,如今的网箱经过改进,从原来的深四米变成了深八米,水深了,鱼游动的空间大了,鱼的品质好了。空间大了,养殖的数量也更多,现在的一个网箱，相当于一亩海面。我理解了，也找到了海面干净了、整洁了的原因。

离这里不远处，就是官井洋渔场。三都澳咸淡水交织，为大黄鱼繁殖提供了得天独厚的环境。记得儿时，餐桌上家常的菜就是大黄鱼，曾几何时，这鱼慢慢地从餐桌上消失了。经过艰辛的科研攻关，成功地实现大黄鱼的人工繁殖。看到网箱里悠然畅游的大黄鱼，心生对科学的景仰，对科研人员不懈攻关的景仰。

如今的海上牧场，不只是养殖基地，更是一处观光胜地，人们在这里可以领略海上风光，可以沐晨风，观日出，望日落，霞色辉映海面，照映群山，甚至在夜晚，还可以仰望天际，数着星星，听着鱼跃声，何其享受也。

好一个海上牧场，海上的一道风景线。

鸳鸯草场的温馨浪漫

望着这片草场，我浮想联翩。我想到了壮阔，想到了《敕勒歌》，天苍苍，野茫茫，风吹草低，初夏的凉风拂面，看到了连绵青草，唯一不同的是没有见到牛羊，否则，要以为身在草原。

望着这片草场，我想到了北方沙漠的景象，起伏连绵的沙丘，柔美的线条，在阳光的照耀下，格外分明。而这万余亩草场，好似沙漠换了颜色，山丘连着山丘。我仿佛看到大地愉悦呼吸的模样，听到大地发出愉悦的呼吸声。我再一次感受到大自然的鬼斧神工，一片绿晕染出如此丰富的色彩，有的绿的晶莹。

坐在草坡上，草坡上绽放一束野花，看到这花时，我的心比见到人工栽培的花来得惊喜。这花，在风中婀娜，既带着野性，又含着几分羞涩。我看到这花时，我想到了新疆的喀纳斯，眼帘浮现喀纳斯湖漫山的花，尤其是在深秋，那花更是艳得让你忘归；想到了西藏林芝的鲁朗，鲁朗的映山红色彩各异，开在四月，与不远处的雪山相映，更是让人着迷，特别是当雪山和花儿都披上金辉时，你才理解什么叫明媚。我不禁唠叨了一句，绿有余而色不足？导游听后，知道我的意思。她告诉我，你来迟了些，阳春三月，这里的映山红开才正旺，还有其他的各种野草开着喊不出名的野花，这草场不只是青绿，更有鲜花装点的斑斓。

草场的半山平地上，英文"I love you"被设计成一个心形景观，一对情侣正拍婚纱照，俊男靓女依偎，蜜意流淌。这里应当是拍婚纱照的胜景：空气清新，含着爱情纯洁之意。沐着晨曦，在朝霞中深情对视，在岩石边相拥而坐，静静凝望，在湖畔，在石阶，牵手漫步，在夕阳中欣赏晚霞映天,夜晚,在观景台上仰望蓝天,数着星星。这样一组婚纱倩影,一定会让爱情发酵,随时间愈发香醇。

一串笑语由远及近,声音来自草场玻璃滑道。这笑语,带着青春的畅快欢乐,其中还夹杂着童声。笑语中,激情在滑道中奔放。

一列小火车,从入口处缓缓开进,一对老人依偎着,他们望着这片草场,仿佛穿越时光,回眸过往。有人说,往事如烟。其实往事并不如烟。不是有人说吗?年老的,对于当下发生的事都忘了,可对于自己童年、少年、青年发生的历历在目,宛若昨日。他们从年轻走来,曾有年轻时的浪漫,甚至轻狂。老夫聊发少年狂,曾经的少年狂如小草一般,重在心底泛起,如今重温,觉得"狂"得可爱。我望着小火车缓缓驶远,望着一对老人的背景,我想起了品茶。我想用"品茶"二字形容这对老夫妻的草场之旅,并称之为"品茶之旅"。或在观景台上,或选择一块绿地,一边赏景,一边品茗,在品茗中回味,回忆拥有,回忆温馨,其乐融融。对那些心有烦恼的人,在这里拥抱自然,大自然是可以疗伤的。

在我抒发情思时,你一定会说,写了半天却不告诉我,你写的是何处啊!是啊!我的草场之行,只急匆匆忽忽而过,走马观花,此景此情,已留下深刻印象,相信你去了,慢慢地行，慢慢地品，一定比我更触景生情，流连忘返。

此草场，柘荣鸳鸯草场也，从省城福州去发，两个半小时车程也。

一顶山茶园思茶

我的一天，可以说是在品茗中开始的。清晨，洗漱之后，便坐在茶桌前，掇些白茶放入煮茶壶中，壶中的水慢慢地加温变沸，茶汤渐渐由清变得金黄透彻。倒出一杯品着，甘生舌尖，进而沁入心底，在品茗中，开启一天的生活。

静静地欣赏每一片茶叶，吮吸茶香。这每一片茶叶都来自于山深处，氤氲大自然之清气。心中早有到茶园走走看看的心思。五月的一天，去了处在福鼎与柘荣交界处的一顶山森林生态茶园，在那里住了一宿。

早晨五点钟左右，被鸟鸣声唤醒。推开窗子，晨霞晕染远山，霞色似乎在催促着我，去看看吧，去领略晨霞辉映的茶园景色。我向着太阳升起方向的山道走去，晨风轻扬，虽是初夏，但山风依旧让人感到有些凉意。

拾级而上，伫立一块巨石之上，视野极其辽阔。极目远望，山峦连着山峦，连绵铺陈开去。淡淡云雾，朦朦胧胧，阳光照着云雾，有如仙云翻卷，山多了几分妩媚。唐代诗人杜甫"会当凌绝顶，一览众同小"诗句萦绕于耳帘，此时的心情也如诗人所描绘的那样"荡胸生层云"。俯视四野，茶田与森林交错，层层茶田沿着山脊，顺着山势铺陈。望着层层茶田，我心想着，它离天最近，日照最足，雨露最充分。有时，它好像被云雾包裹着，浸漫着。云天，云天，云即天也。我站在高处，登高看云低，这茶似乎就生长在云朵之中。随手摘了一叶还含着晨露的嫩芽放入口中。先是有些苦涩，不一会儿甘中生津。一方水土养一方人，一方水土也滋养一方茶。武夷岩茶细分出自哪坑哪涧，坑涧不同，茶味不同，懂茶人一品即知。岩茶如此，哪白茶呢？以这山巅之上的茶叶制作出的白茶，应当也有着它独特的味道吧！

茶田中，树立了几根杆子，这是太阳能灭虫灯。每个杆子上端都安装着一块太阳能板，白天吸蓄太阳能，晚上释放点亮灯火，虫子有如"飞蛾灭火"般飞来，葬身灯下。茶山主人告诉我，这片万亩生态茶园，不仅不使用农药，而且连化肥也不使用，茶叶需要的养分靠绿肥，就是将杂草等埋入土腐烂后形成的绿肥。这样种植出茶叶，叶片醇厚，其味醇绵。用现代手段灭虫，用传统方法制肥，目的只有一个，让茶叶成为真正的生态茶、有机茶。

鸡鸣声穿过云雾，入了耳帘。鸟鸣声与鸡鸣声交织，好似晨曲，清幽而又欢快。我一直以为，能够听到鸡鸣的地方最接近人间烟火味，我也一直把鸡鸣声当作乡村的一个符号，认为没有鸡鸣狗吠的地方不能称之为乡村。茶叶不仅有自然清新之气，而且有人间烟火气，是清新之气与人间烟火气交融出茶香。这种交融，不止于制作过程中浸润的人间烟火，还在于种植过程中吮吸着人间烟火气。无论你走到哪里，只要有茶，就有津津乐道的茶的故事。在茶园的高处，有一处神龛，香火缭绕，那是种茶人的心灵寄托。

远处的茶田里，茶农们正在劳作，他们不是在采茶，春茶采摘时节已过，他们正在修剪茶叶，剪去枝丫，这些枝丫就留在茶田，化作春泥更护茶。茶农说，这样做，就是为了得到一片好茶。

早饭之后，便下山往城里去。我问司机要多长时间。司机说，一个多小时。我回望，这片茶园，远离喧嚣，有着桃花源般意境。我相信，这环境能氤氲好茶。

茶在生长中吮吸自然的人文的清气，又在我们品茗中释放这股清气，这味回甘，回肠荡气。

再品白茶时，一定会忆起这片茶园，眼帘会浮现这片景色，耳际会萦绕鸡鸣鸟叫。它会成为心底的乡愁，因为乡愁是一种挥之不去的情愫。

大山深处的那缕青烟

车在崎岖的山道上行驶,眺望窗外,群山绵延,青翠如黛,群山中一缕青烟点活了群山。那是人烟,大山深处有人家,有人家才有人烟。是炊烟,抑或是耕作的烟火。有人烟,山就不会孤寂。

有人家的地方就有守望,守望着田,守望着山,守望着海。在守望中"讨生活",可见生活是"讨出来"的。向田,向山,向海去"讨"。大自然总是馈赠于那些勤劳的守望者。农耕时代,人与土地,人与自然,结下了割舍不断的情结,土地成了人们崇拜的对象。在民间,有各种祭祀活动,其中不少与土地有关,比如春节时的祭土地神,开春茶农的喊山节敬山神、茶神……人们在守望中,在讨生活中,把心愿寄予大自然,成了农耕文化中的一部分。这文化,又烙上了地域的印迹。

大山深处,人间烟火。那缕青烟,留在了心底,温暖着心底。

霞浦花竹村

午饭后，我们从省城福州出发，赶在黄昏日落前赶到那儿，目的只有一个，看日落。听朋友说，那儿日落的景色非常的美，吸引了许多摄影爱好者，我被他们的摄影作品中表现出的美丽景色所吸引，产生了观赏日落的欲望。

日落的景色确实非常的绚丽多姿，让我陶醉。那晚，心又在盘算着，看了日落，应当去看一看日出，欣赏一下日出的风景。我打听了一下这里日出的时间和地点。

在三沙看日出，最佳地点在花竹。早晨四点多钟，我们便驱车去了看日出的地方。十分钟左右车程，我到了花竹村。这村坐落半山，面向大海。我极目远眺，海天处已是一片红霞。那一定是太阳喷薄而出的地方。虽是晨曦，来看日出的人已经不少。更有甚者，重庆的一支自驾游的车队，把宿营地选在这里。他们说，为的就是看海上日出。

欣赏了海上日出之后，带着些许兴奋正想驱车返回用早餐，再次回望时，入口处那块巨大的摩崖映入眼帘："花竹，中国观日地标"。这地标面对着一个村庄。村庄沐浴在晨阳之中，一派温暖生气。村庄井然有序，好似一幅画。村中建筑与平潭的石头厝有些相似，但风格上没有平潭石头厝那般厚重，给人更加明快的感觉。村庄依山傍海，近处的银滩，远处的碧海，散落海中的小岛，还有海上养殖基地，宛若仙境。我琢磨着，这村，应当算是中国观日地标村了。

我只是在远处望着村落，但给我留了深刻的印象，虽然时间过了许久，它依旧印在我的脑海……

岛 之 眼

　　这是中国最美的十座岛屿之一，福鼎嵛山岛。其与霞浦三沙半岛隔海相望。踏上嵛山岛，驱车上了岛的最高峰，立于峰顶眺望，碧海蓝天。不远处，还有一座岛屿，与嵛山岛形成长龙，盘桓于海中。岛之巅，峰峦连绵，水草茂盛，一些羊正在山坡上啃着水草，真是一处天然牧场。人们称嵛山岛的羊是喝着天水，啃着水草长大的。

　　伫立峰顶，俯瞰被群山包裹的两座湖，似珍珠遗落。当地人告诉我，这湖水从来没有干涸过，即使是最干旱的年份，也始终为岛上的村民提供生活生产用水。

　　这水从何处来，莫衷一是。有的说是地下泉眼涌出来的，可是历次探测，也没发现泉眼在何处，更何况，一座岛，四周皆是咸海水，这水又是如何涌上来的？有的说，嵛山岛这片区域形成了天然小气候，雨水不断，即使干旱光景，这里依旧水草茂盛，这水是来自天之水。

　　这是天之湖，是嵛山岛的眼，也是嵛山岛的点睛之笔。有了这湖，岛便活起来了。在对面的山头上，一群少男少女尽情呼喊，尽情宣泄。一位曾经在岛上露营的朋友说，他曾在夏日的夜，于天湖边，燃起篝火，数天上星星，听大海波涛，任海风拂面，品海鲜羊肉，晨时，观海上日出，霞光映海，大小天湖仰望蓝天，渴望天降甘露。

没有人，能够把世间美景览尽

我站在南岩村的高处，静静地看着远山，先是浓云锁雾，只有晨曦让云有些透亮。渐渐地，云开始流淌，山露出了峰，晨阳也穿过云层，映照着云，映照着山。山峦绵绵拥云烟，几声鸡犬入耳帘。这番景色，让人享受。

这番景色，在我眼前掠过，不到两三分钟时间，又是另一幕景象。有时候这番好景错过了，不会再来，因为它不会复制，能欣赏到的，都是缘分，不能欣赏到的，也不必沮丧，相信别一番好景等着你来。

没有人，能够把世间美景览尽。

南岩雾中桃花

正是春雨濛濛,撑着伞,从青石板小道拾级而上,站在高处俯瞰村庄,村子朦朦胧胧,遮掩在云雾之中,近处的一株桃花盛开,装艳了村落。

我站在桃树前,观赏着桃花。桃花开在阳春三月,往年总在各处见到桃花,可今日开在云雾中的桃花显得有些别样。粉红的花沾着雨水,垂挂在花瓣上,如挂在女子脖子上的那颗晶莹的珠宝,雨水又浸润着花,娇滴滴、粉润润的,让人看了,羞答答、情脉脉的。我静静地欣赏这花,慢慢地解读开在云雾中桃花给我传递的花语,一丝甜意从心底泛起。

南岩的桃花开得含羞,开得烂漫。南岩也如桃花,村在云中,云漫村中,云卷云舒,村时隐时现,村落犹抱琵琶半遮面,让人想起白居易《琵琶行》中那弹琵琶的女子,心中升腾撩起面纱的那种躁动。

三月桃花开得正艳,开在南岩的云雾中,添了桃花的妩媚。

桃花三月访南岩

前几日,去了一趟南岩,在微信上发了一张南岩桃花的照片。云雾中的桃花沾着雨水,娇滴滴的,有朋友看了,说是如出浴女子那般羞涩美艳。有朋友作了这样一联:"云蒸霞蔚遮南岩,几树桃花入梦来"。读来一幅画面跃然眼帘,一下把南岩给点活了,点美了。

从南岩村回来有好些天了,但南岩村的那番景象却在眼帘浮现挥之不去,梦境般的南岩一直愉悦着我的心。南岩之美,美在朦胧。云雾在流淌,村庄若隐若现。南岩之美,美在古村韵味,晨起,听着穿着云雾而来的鸡鸣狗吠声,白日,走在被岁月浸润泛着油光的青石板,望着经了多少风雨的古厝,看着远方层层叠叠的茶田和山坳下的梯田,还有村中央那口古井,我仿佛吮吸到了与城市截然不同的浓浓古村韵味。村落,守望田园,农耕,日出而作,日落而息。我似乎找到了共鸣,找到了我心中的乡愁。

我对南岩的印象还在于那为数不多的桃树,正是阳春三月,桃花正艳。有心栽花花不开,无心插柳柳正荫。这些桃花种着随意些，或在农田，或在茶园，或在路边的土坡上，树下野草相生，野花也开得正旺。几棵桃树，几枝桃花，点美了村落，添了村落的韵味。

又识桃林

昨天,去了古田的际面村,那里正在举办一场桃花盛会。古田的水蜜桃闻名遐迩,早有去看看的心思,于是,大清早就乘动车去了古田。

当我看到映入眼前的桃林,看到漫山的桃花时,颠覆了我对桃树的印象。我去过许多桃林,也欣赏过画家笔下的桃树,枝冠如球。在我的印象中,这桃树与其他树的树形无大差异,一片桃林,一棵树一棵树挨着,好似一片森林。

看了际面的层层桃树,我都不知该不该称它们为林。它们疏朗开阔,主干虽然粗壮苍劲,但高大的只有五十厘米左右,枝丫旁斜而出,每个枝干都微微向上,似一个撑开倒放的大伞,充满蓬勃张力,又如一个盆,承接阳光,承接雨露。花开时,满树挂满了花,每棵树,都有它的形。看了这片桃花景色,我再理解了《诗经》中的《国风·周南·桃夭》为什么用"桃之夭夭,灼灼其华"来形容盛开的桃花,为什么人们用桃花来表达对美好爱情和幸福生活的祝愿。

每棵树,都浸润着桃农的心血。在生长过程中,桃农斫其正，养其旁条，删其密，夭其稚枝。这样修剪，一方面是为了让桃树、让生长出的果实更多地接触阳光，承接雨露；另一方面，也方便果实的收成，桃农们在地面上就可以采到桃果。桃农告诉我，如这样种植，一亩土地只能种植二十多棵的桃树。但这样种植，结出的果实最香甜。

桃花梦境，寄寓着桃农的希望，也蕴含着桃农的智慧。

我赏桃花，更喜桃农，三月的桃花为你开，夏季来时，这里的桃果为你香。

翠屏湖畔一个小山村

去了古田县翠屏湖畔的一个山村,这是因水库建设原村拆除而后移的山村。连排的土墙溜房,一列列依山势排开,既有着古厝的味道,又有现代溜房的样式。村道上,房前屋后,种植桂花树、樱花树,还有正在开放的波斯菊。小花依依,溪边老樟树旁斜而出,溪水潺潺流过。举目环顾,油柰挂满枝头,想起了一句话:"这果皮薄肉厚,酸甜清脆,很好吃。"举目眺望,翠屏湖波光潋滟,湖中岛上皆是油柰,一艘小船犁开湖水,满载油柰归航。视野从湖水铺陈而去,是层层叠叠的山。当地人说,站在村庄高处,一眼可望九重山,云雾萦绕时,如仙境一般。一位从小乡村走出去的专家回到乡村,虽已是深夜,依旧与弟弟在湖中畅游。他说,畅游湖中,望着满天星星,看着黛墨的远山,天性在释放,找到了儿时的欢乐……我从他的言语中读懂了家乡的含义,一个随岁月流逝而弥浓的思乡情愁。

在村居的一面土墙上,有这么一面心形的文字,这文字,不连贯,是零碎的词语组成。我伫立在墙前,用普通话读它,却不知道它的意恩。朋友说,你要用福州话读,也就知道意思了。我用"半咸淡"的福州话读,一边读,一边笑,勉强懂了几个词的意思。

朋友,你也试试。

我在乡村中,不只看到了乡村的宁静,也领略了乡村的浪漫。

利洋炮弹柿吟

金秋十月，翠屏湖畔，利洋山野，红柿满枝，喜气热闹。其状也，形如炮弹，故名"炮弹柿"。其果也，流金细润。其味甘甜，慢嚼则甜香沁人。制成柿饼，则透亮如珀，入口轻啖，甜汁满溢，唇齿盈香。

民间习俗，霜降食柿，御寒保暖，强筋健骨，流传至今。今人不仅爱其果，也喜其叶，可以制茶，饮之清凉，视作消暑佳品。

"柿""事"谐音，柿果、柿叶并入袋中，乃有"事（柿）业（叶）有成"之语，"好事（柿）成双""好事（柿）连连""把好事（柿）带回家"……皆为吉祥之意。柿寓人意，柿遂人愿，柿融人文。红红柿子，实好运、福运之承载也。

夜宿四坪

春暖花开的四月,去了屏南县四坪村,在那儿住了一宿。算起来,四坪已去过三次,每次都是当天来回,虽说印象深刻,但见到的都是白日里的四坪。四坪这一宿,让我体与白天不一样的验夜的四坪。

黄昏时,村庄的路灯已经亮起,橘黄色的灯映在青石板上,映在老厝的土墙上,添了村庄的幽静。伫立在村中央的溪涧旁,瀑水从岩石上湍流而下,银色的瀑水也在灯的映照下变得斑斓,映山红在晚风中摇曳,哗哗的水流声清幽,好似在吟唱村庄小夜曲。仰望老厝,层层叠叠,灯光从老厝的屋中映出,很是温馨。

夜的村庄,最热闹的莫过于咖啡屋、茶屋、面包屋以及陶艺吧,游人们在这儿随意坐着,品着茶,喝着咖啡,聊着天,乡村的夜适合安放闲适的心。游人说,他们就是想找能够逃避喧嚣的地方,乡村是他们心中的理想之地。当地人告诉我说,到了夏季,刚刚从学业中解脱出来了学子,结伴而来,在村子的广场上,燃起篝火,跳着,唱着,火光与天上的星星共同闪烁，田野的蛙声传来。

回到我下榻的民宿，静静地坐在观景台上。眺望远山，远山如墨。俯瞰近处，错落有致的老宅屋顶下灯火如稀稀星火，从窗子里透出来，也有些如萤火虫般闪着微光。夜的村庄的灯火不如城里的灯火那样斑斓辉煌，也不见如城里那样霓虹灯闪烁。我以为，这便是我想见的夜色笼罩的村子。

忽高忽低的鸡鸣声把我从睡梦中唤醒。闻鸡起舞，插队时，鸡鸣声就成了报时器。在我的心底，鸡鸣声是一天的开始。天色渐渐明亮，推门走到观景台上，雾锁远山，村庄也飘浮着淡淡云雾，鸡鸣声此起彼伏。乘着天色微明，我下楼去了村庄，独自在村子溜达，除了鸡鸣声，还有偶尔传来的狗吠声。一座老厝前有一个水塘，柳叶依依，有些枝条已经垂到了水面。一些鱼儿聚在那儿，舞动着鱼身，不时在发出"啜、啜"的声音，偶尔还夹杂着鸟鸣声。我静静地听着，看着，这些鱼儿突然搅动起来，红的、黄的、灰的，跃出水面，卷起微波，卷动了低垂的柳枝，好有鱼趣。

走过池塘，村外的田野经了一冬的休养，已被农民们唤醒，田埂重新修整，披上了新泥。有些水田已经犁过，水顺着田埂中的缺口从这一丘向下一丘流下，水声清幽，有些水流还像小小的瀑布。我从低处向上望去，可以望见每块水田缺口处潺潺的流水。我佩服乡亲们，能够把这大大小小的梯田贯通。

雾渐渐地化开，我急急忙忙地赶回下榻的民宿，享受云雾中远处的山和近处的村庄。远处，云海簇拥山峰，浸漫山峦，村庄依偎着山，婀娜妩媚。尽管我多次到过四坪，但我觉得晨曦中的四坪是一天中最美、最含情的。

炊烟袅袅，从老宅升起，与雾相融。望着这炊烟，望着炊烟与雾的交融，这是人文与自然的交融。

我与朋友们分享我的四坪一宿，倘若你走进村子，应当住上一宿，静静欣赏村庄黄昏和晨曦，静静地享受村庄的宁静，静静地体会乡村的韵味，你一定很惬意的。

四坪的柿子何以出圈（外三篇）

四坪的柿子何以出圈？一场读书分享会在屏南乡村振兴研究院进行着，发言的气氛十分热烈。我佩服四坪，出圈后能够借新书《遇见和美乡村》，来分享《四坪柿子分外红》这篇文章，提出"四坪之问"。

四坪柿子何以出圈，大家在谈论，我也在思考。

柿子，是农村的常见之物。其果结在秋季，风吹落叶子，风也润红了柿子，这是我在许多村庄见到的场景。有些挂在树上的红柿子，无人采摘，任其挂着，任其掉落，给我的印象，这柿子有些被人冷落了。可是，到了四坪，这柿子却如灯笼似的，点亮装倩了四坪，引来了众多游人。今年秋天，最高峰时，古村单日接待游客八千辆左右，人数三万人以上，超过了国庆中秋长假，所以网民们说"四坪的柿子出圈了"。

四坪的柿子能够出圈，在于他们把食用的果实转化成旅游资源，柿子成了乡村的一道景，人们为观柿而来，不是为食柿而来。他们的高明之处，在于给柿子注入丰富的人文内涵，抓住了人们对美好的向往。通过机制创新和对村集体经济作用的发挥，让村民不只看重柿子的一产价值，而是让它长久地挂在树上，让柿子成为村子的一道景观，引来了东南西北的游客。虽然已是冬季，但还有些柿子挂在树上，虽然没有了往日那般润红，但看上去依然点缀村庄的美丽。

四坪柿子能够出圈，在于他们重视与游客的情感沟通。当人们还停留在介绍风景资源时，他们开始通过自媒体做情感交流，着重介绍四坪能给您的慢生活带来什么享受；游人谈谈来四坪的感受，谈谈观柿的愉悦；新村民说说四坪的特色，老村民唱唱家乡戏。其乐融融，游人沉浸其间。他们从景观拓展到人文，从观景延伸到把游人带入其中，深入其境。

四坪柿子能够出圈，在于老村民、新村民的精心打造，让一个濒临空壳的村庄重新有了生机，乡村人文与时尚在这里交融。在这里，可以品味乡村风土人情、风味小吃，也可以品咖啡、看画展、听时尚音乐。四坪柿子只是一个引擎，这引擎的背后，有着足以让你陶醉其中的人文之美、景色之美，有着足以让你留下来享受的慢生活的快乐。四坪柿子能够出圈，还在于媒体记者、摄影家、作家的传播，把镜头对准柿子，用笔触描写柿子，美文美图，运用自媒体传播力，引得游客纷至沓来，让柿子出圈。

四坪的柿子出圈，其实是四坪的美出圈。这出圈的推动者，是人，是人的思想、人的合力。

四坪柿子出圈后，四坪在思考，四坪的柿子何以出圈？这是出圈后的"四坪之问"。而我相信，"四坪之问"的探讨成果会让四坪不断出圈。

龙　潭

龙潭是个网红村。当村景映入我的眼帘时，我信服了。这样的村景，当然会受到网友们的喜爱，成为人们的"打卡"之地。它太美了，美醉了我。

小桥、流水、人家、青石、绿竹、黑瓦，乡景乡韵，尽入眼帘。我立于桥上，顺着溪流往上眺望，村庄错落有致依傍翠竹绿林，层层叠叠，富有立体感。溪水从山涧而下，时而湍急，时而平缓，时而在溪石中蜿蜒川流，时而形成小小瀑布。水贴凸凹不平的石面向下流淌，那水乳白乳白的，溅起的水花晶莹透亮。瀑布下便是小小的水潭，碧绿碧绿的水，好似翡翠落在水中。新村民告诉我，有些从城里来的孩子，忘情地玩水戏水，他们说，从来没见过这样碧绿的潭、这样美的水。几棵柿树，遮掩着民居老宅，土墙、木屋、黑瓦，屋顶上缭绕着炊烟，尽显古村风韵。我感佩先人们，选择这样的地势筑屋安家，尽可能地保护耕地。我去过屏南的一些村落，如厦地、四坪、墘头，都如龙潭这样，依着青山，守望着面积不大的平洋，守望着自己的"饭碗"。

前人栽树，后人乘凉，古老的村落，经过一番整理，古韵更加醇厚。有的游客说，来龙潭，就喜欢错落有致的立体感，不加雕饰近似原生态的溪涧、青石板的小道，喜欢老厝中弥漫的人文味。有的游客说，在这里，可以坐在老厝中望着山涧溪流发呆思考，可以走进村落人家，与百姓闲聊，听听他们讲乡村生活，可以走进咖啡屋，品赏咖啡，享受古村与现代生活的情调，可以走进艺术工作室，分享艺术家们创作的作品，可以夜晚在村中的广场，围在篝火旁，享受柴烧的温暖，享受火映面庞的通红，享受乡村的人间烟火。

龙潭如画。这色调，尽显古村风韵。

墘　头

我喜欢墘头村那条溪流，水湛蓝又带着碧绿，清澈见底，水底的礁石在水纹中晃动，几只小鱼畅游，让这溪流显得更加灵动。

同行的朋友给我讲了一个趣事：几位外国人到村中旅游，其中两位孩子见到溪潭忘情地跳入潭中戏水，着实让陪同的人吓了一跳。孩子说,从来没有见过这样灵动、这样美的溪水。孩子被这水色迷住了。

溪水从山的深处,汇聚到山间沟壑。有的地方,用石块垒起了堤岸;有的地方,就依着天然的地形,不加任何雕饰。岸边芦花轻扬,小草从石缝中长出,透着自然美。村落就坐落在溪的两岸,沿溪而筑,与溪为伍,依偎青山翠竹,层层叠叠,错落有致。北方来的游人看了,感叹地说,好有层次感。这是山给村庄的美。

在村庄里、溪涧旁,生长着许多柿子树,从高处望去,这些树高过民居屋顶。前几天,刚刚下过一场大雪,可柿树上还挂着些许柿子。虽经风霜,这些柿子依旧通红,与屋檐下那迎春的灯笼脉脉低语,那氛围,满满的喜庆。

一些土生土长的村民走出去了,他们觉得,外面的世界很大,值得去看看、去闯闯。一些年轻人从祖国各地汇聚在这里,开始守望他们心中的"田园",有的开着咖啡屋,有的开着面包屋,有的在这里创作。他们说,大山太美了,给了他们灵感。有一对情侣,开着一间民宿。在民宿的咖啡屋里,柴炉烧得正旺。咖啡厅的一角,摆着电脑,那是男主人的编程空间。咖啡屋的书架上,摆放着女主人设计的文创产品。他们每日望着远方的青山,俯瞰山涧溪水。他们告诉我,他们喜欢这种生活方式。

有的人出去了，有的人进来了，进来的人也许还会出去，只要还会有人进来，村庄便有活力。

村中的溪水潺潺地流着，偶尔还有些鸟儿泊在树梢，鸟鸣声传入耳际，甜了我的心。我远眺村庄，炊烟缭绕，有烟火气的地方，便有温馨。

厦　地

我站在溪畔，仰视眼前的这棵柿子树。它的叶几乎落尽，剩下的几片残叶垂挂在树梢下，毫无生气地随风飘摇，随时都有可能被风吹落。还有几串柿子，挂在树上，虽谈不上鲜润透红，但那红，是风雪浸润的红，红得特别深沉。

唐代诗人杜牧在诗词《山行》中写道："霜叶红于二月花。"这里说的是枫叶经秋霜染过，比开在春天里的花还艳。我非常欣赏杜牧这句诗，有时花虽艳，但看久了，会让人感到轻佻或轻薄，没有内在气质。而这挂在树上的柿子，不是只经了秋风，而且是历了风雪。前几日，这里飘下了多年不见的雪。整个山野、整个村落一片白茫茫的。雪也挂在柿树上，为柿子披上了晶莹的雪衣，但并没有把柿子全部包裹着。没有被雪包裹的柿子好像孩子的脸，红彤彤、粉嘟嘟的，甚是可爱，也觉得它有内在气质。

柿子虽是高高挂在树上，仰望过去，又好似挂在村庄之上，红红的，像灯笼，画龙点睛般点亮美的村庄。我望着村庄，去享受它的冬的韵味。收获后的田野，虽然有些孤寂，但如果有阳光辉映，大地便一派辉煌；即使遇到雾或雨，也营造云雾缭绕或烟雨蒙蒙的意境。四周青山翠竹，鸟儿脆鸣，村庄里，炊烟飘在人家的屋顶之上，溪水从村中央潺潺流过，鱼儿在潭中嬉戏，溪两岸的岩石上，晾晒着芥菜和各种果实，色彩斑斓，好一派迎接春节的景象。一户人家，挂起了红红灯笼。这灯笼，与红红的柿子辉映，给村庄添了喜色。我突然觉得，每个村庄，都如这红柿子一般，有丰富的内涵与气质，正如你掰开一粒柿子，那芯都是甜甜的，流淌蜜般的汁。

　　一位窈窕淑女，穿着旗袍，撑着粉红的油纸伞，走在溪边的小道上，高跟鞋踏在青石板发出的踏踏声，好似穿越时空而来，又好像传统与时尚的交融……

雪后红柿的遐思

一场雪之后,我去了乡村,想买些芥菜。农家种植的有机蔬菜,经过冬季的霜打,特别有"菜味"。可走了许多家,都难以买到菜。农民告诉我,前些日子的那场大雪,把芥菜、白菜、萝卜都打蔫了,只有包菜,外边的绿叶蔫了,紧裹在里面包菜芯还能吃。

有些植物,熬过了霜冻,却熬不过一场雪。我举目望着柿子上经过雪的浸润的红柿子,那么红,红得可爱。尤其是它挂在叶已落尽,满树尽是孤零零的沧桑的枝丫上。在这寒冬之时,不多的几串红柿子,让我看到了老柿树的生命力。老树用它的养分呵护着红柿。风吹来,红柿在轻轻摇晃,好似脉搏在跳动。

大雪的那天,朋友给我发来图片。雪挂在树上,枝丫成了冰挂,雪覆盖在红润润的柿子上。柿子是椭圆的,雪无法全部包裹。每粒柿子下端都留着一点红,好似孩童戴着雪白的帽子,露着一张脸,红彤彤的,好生可爱。

雪浸润的柿子,虽然依旧红,但红的不是那样鲜润,不是那样油光可鉴。这红柿，有了些许皱褶，显得有些沧桑。

我想起了刚才在村中行走时，那位在老厝门口晒着太阳的老人。她的脸，带着皱褶，在阳光的照耀下，微笑……我看到了经历沧桑后的灿烂。

雪后的山依旧青绿，我吮吸着山野的清新之气。

心　路

仙山牧场在屏南，那是一处很有故事的地方。上个月，我又一次去了那里。最近电视剧《我的阿勒泰》正在热映，有人把仙山牧场称作为南方的阿勒泰，也有人称之为福建的阿勒泰。

记得第一次走进仙山牧场，是在2019年的夏季。当仙山牧场进入我的眼帘时，心似乎被撞击一样，那么浅浅的绿草和草地中孤立生长的苍劲松树确实有如"天苍苍，野茫茫"的北方草原景致，带着几分苍凉，又有几分静谧。

这次去仙山牧场，从长桥镇出发，路过柏泉千亩梯田，一个小时多些的车程。2019年的那趟，从屏南县城出发，弯弯曲曲的山道，从谷底盘旋爬上山峰，一路颠簸，用去了三个多小时，弄得头昏脑涨。快到山顶时，望见了一些牛棚，当时我心里想着，在这样的地方建牧场，条件多么艰苦。

同行的当地同志告诉我，这里原本是连绵起伏的草原，一座山连着一座山，蔚为壮观，确有"风吹草低现牛羊"的草原韵味。为了维护好草原，每年的冬季，都要进行一次"炼山"，这火如大漠峰烟，燃烧枯草和小树，草木灰肥沃土地。然而"野火烧不尽"，来年春时，草原长出低矮的嫩草，牛羊又有了丰盈的食物。

后来，牧场不再，经过一轮又一轮的飞机播种，草原成了茂密的森林，只有这山谷中，依稀可见草原风韵，只是，不见牛羊。

也许，许多游人带着游玩的心情领略仙山牧场的风光，更多关注这片草场的美丽景色，关注它美与不美。而我在领略风光的同时，更感慨于它的变迁。在牧场的山头，一块石碑矗立，上面刻着"中共闽东北特委、闽东北军分区驻地纪念碑"。久久凝望，《游击队之歌》萦绕耳际："……哪怕是山高水又深，在密密的树林里，到处都是我们的宿营地……"战争年代，这里有着纵横交错的小路，那是老百姓和游击队员在丛林中用脚踩出的密林小道，没有可供车通行的路。放眼望去皆深山，封闭的大山让游击队有了生存之地。在这山里，至今还传颂闽东北红军交通站肖老虎一家五人献身仙山的英雄故事……

站在纪念碑前沉思：游击队的驻地、牧场、观光景点，密林小路、弯弯曲曲的山路、宽敞的公路。曾经，不可忘记；曾经，后人应当知晓。

那时无路，但心路坚定；那时道路蜿蜒，但心路宽敞。

如今我的心路呢？我在自问。

我在纪念碑前眺望，不远处松树下是那块读书石和立于湖畔的那座雕塑。

走进心灵故园
——漈下印象

正是阳春三月，去了屏南漈下村。当我见到村庄的那一刻，给我的感觉是与我曾经去过的四坪、龙潭等古村落相较，没有它们的美。记得正是柿子熟时，去龙潭、四坪，第一眼见到它们时，它们的美惊艳了我。如今，站在漈下村头，远眺村庄，它没有我站在龙潭桥头举头看村落或是站在四坪廊道上俯视村落的那种错落有致的乡村肌理所产生的视觉冲击。可是，当我走进村落，漫步龙漈溪畔，相会一个个古迹，倾听一个个故事，心慢慢沸腾而激动。欣赏漈下之美，不在于举目或是俯视，而是在于走进。在走进中慢慢了解古村的底蕴，欣赏的古村之美，慢慢地体会人们说的人杰地灵之地。

沿着小道走去，便可见一座廊桥。当地的同志告诉我，这桥叫作聚宝桥，也叫漈川桥，始建时间没有文字记载，1907年重建。屏南有许多廊桥，这座廊桥却有些独到：它的桥底有原木构成的八字撑，是屏南唯一的一座八字撑木构廊桥。

　　站在廊桥中央望去，村庄坐落溪的两岸，四面环山，正是春天，映山红盛开，添了春意。溯溪而望，溪面上横亘着好几座廊桥。闽东的廊桥，不只是满足人们出行的方便，也是村民休闲聊天等活动之所。村中央，有座廊桥叫花桥。村民们闲时常在这里休憩，久而久之，也渐渐成为村民们说理的地方。村民如果发生纠纷，各执己见时，常常会听到这样一句话："敢不敢去花桥头说？"当地人称之为："有理没理，花桥头评理。"

　　走过花桥头，一个村民正坐在廊桥上，凝神望着潺潺而流的漈水溪，他的面庞带着微笑。

　　走过聚宝桥，踏着石板路。路的一边是用石头垒起的墙基，一边是漈水溪。墙基看上去有五六米高，墙基之上，便是村庄。这墙是古城墙。据说漈下村原本有四个城门，为此还引起一场诉讼，为了平息这场官司，拆掉了三个城门，可城墙依旧保留。村里的同志告诉我，这面墙体，基座是明代修建的，中间是民国时期垒起的，顶端的部分是现代修建的。一面老城墙，仿佛在无言地述说着它的历史，述说着村民的心愿，墙基如村子的根基，必须夯得实实在在的。

　　走过石墙，走在风雨廊中。风雨廊就建在溪流与住家之间，右边是住家，左边是川流不息的溪流，遮风挡雨。廊上有一排美人靠，望着这排美人靠，我仿佛见到这样一幅图景：一位窈窕淑女正倚坐在美人靠上，望着溪水，似乎在等待，等待着那一叶小舟，等待着溪流中熟悉的山歌入耳。眼帘浮现着画面，温馨从心底荡起。

不时有些青年男女从风雨廊上走过，不时驻足拍照。他们是美术学院的学生，来到乡村，体验乡村，用画笔表现乡村。我在村中央的一家咖啡屋里见到了一帮大学生，他们品着咖啡，谈着自己的感受，从神情来看，他们被古村古韵陶醉了。

这家咖啡屋，是当地的村民开的。女当家曾经走出村庄，到外面见了世面，家乡的变化，让她又回到村子，办起了民宿和咖啡屋。穿过咖啡屋，走进民宿，院子天井里，一红一白两株映山红开得正艳，一堵残墙立于民宿的小楼之前，像是壁照，挡住了人们的视野，小小庭院洋溢着一股清纯的农家风味。咖啡屋的吧台里，一位姑娘正在工作，我问姑娘，是村里的吗？她告诉我，她是名志愿者。她从福州来，到这里义务帮忙，老板提供吃与住。你怎么想到来这里呢？姑娘说，在网上看到的，觉得到乡村走走，看看乡村，了解乡村，挺好的。我问姑娘，来多久了呢？姑娘说，一个月左右吧！听了姑娘的一番话，我心想，这也是一种城乡流动，农村青年进城务工，城里青年下乡体验农村生活，哪怕就是短短的一个月，也丰富了自己的阅历，接了地气。

风雨廊的中段，有一个亭子，这亭坐南朝北，取名峙国亭，又称四角亭，亭中供奉关公、关平、周仓神像。在亭子内外上下各处梁枋的侧面，可见取材于"三国""水浒""封神榜"的人物绘画。村民告诉我，这亭子的两点特别之处：一是亭子的柱子。一般我们所见到的亭子的柱子，大多是双数的，可是这亭子的柱子是十五根。亭子的东北侧通往横路街方向，为了方便通行，更为了挑夫在亭子中央能够转身走向村子各处，减去了一根柱子，使亭子中央更宽敞。二是连着村子和溪边的石阶。村民告诉我，通往三个方向的每段石阶都是十五级。为了就是方便村民，担子挑在肩上，不用考虑每段石阶级数差异。细微之处见真情，细微之处最温馨。望着被岁月浸润、被无数双脚厮磨得油光可鉴的青石板，这岁月的包浆，也带着人间的温润。我举目望着峙国亭，仿佛看到小船正泊于岸边，挑夫们正荷着重担，艰毅地踏着石阶，在亭子中央转身，向着村子各处走去。

对面走来两位学生，我很想请他们把我这"仿佛"转画为一幅图，再现古村的"曾经"。

走过峙国亭，又去了飞来庙。单是这个名字，就引起了我的兴趣，也引起我的疑问：这名何来，为什么庙中供奉飞来王。村民给我讲了这么个传说：在一个月明星稀的夏夜，村民大都聚在花桥谈古说今，突然一阵大风，星月齐隐，接着一阵雷雨。这一阵雨来得急去得快，一会儿月亮更加明亮，一位老者觉得这风与往常不一样，像从天而下还带着暖意，回到家便焚香祈祷。当晚他做了一个梦，梦境里有位大将军一样的神对他说了两句话："投炉问路飞来王，若是有缘定安然！"第二天老者到花桥说了自己梦境后，与村里一位长者沿溪而下查看，真的看见一个香炉挂在一棵树上。村民们就地建庙，供起香火，村民们视飞来王为镇守水尾之神。这庙中祀"飞来大王"和古田"临水顺天圣母""虎马将军"。这是一个因梦而建的庙宇，寄托着村民的朴素祝愿，孕育出一种精神，形成独有的民俗文化。在漈下村，不止有飞来庙这处庙宇，还有重建于明朝隆庆三年（1569）的龙漈仙宫。它又称马氏天仙殿，是龙漈开基主马仙娘之祀殿。明代只是重建，那首建呢？村民说，没有查到历史记载。心算了一下，从重建始，也已经有四百多年历史了。

飞来庙曾是屏邑文人墨客集会的地方，至今墙上的一些画还清晰可见，其中的一幅壁画中间被白灰涂抹，其状有如烟囱。村民说，你猜对了。20世纪50年代，这里曾经有一座炼铁炉，这白灰涂抹的是当初炉子的位置。听了这番话，我又上前了一步，更仔细地欣赏。那幅画蒙蒙眬眬，还可以见到一些模样，画中的字可以清晰地辨认。一幅画残缺了，但它见证了一段历史。我当时就想着，村民守护历史的意识还是蛮强的啊！

我的这种想法，在村委会的楼前得到强化。这幢用土墙夯起的二层楼房，20世纪60年代的毛主席语录标语清晰可见。走进楼房，站在天井中央，环顾四周，全是标语，体现了那个年代的历史真实，也是一段的历史见证。看了这座建筑之后，对保护好文物就是保存历史有了更深的体会。

不知不觉已是中午，怀着不舍之情离开漈下村，在村口回望，古城楼古韵悠悠。明代古城墙雄浑而立，稳重而厚实。一个村子有这样一个规整的城墙，实在是不多见。接触一个村子跟接触一个人一样，每个人都有自己的性格，一个村子也有一个村子的性格。这种性格，是自然环境与一代又一代人在岁月中熏陶、浸润而成的，这种性格体现在村子的建筑之中，体现在风土人情、民俗民风中。

漈下留在了我心底，期待再一次走进漈下，走进我的心灵故园。

柏源梯田　柏源村

柏源梯田，在屏南长桥镇柏源村，从省城福州自驾前往，两小时左右。我在不经意间与柏源梯田谋面，却有种相见恨晚的感觉，惊叹此地如"锁在深闺"，至今还少有人知。

此行之所以向长桥镇而去，是想去一睹修复后的万安桥容颜，听一听关于万安桥修复的故事。看后，听后，心涌起万千波动，半年多光景，一桥在原址修复，重连长桥、长清两村，百姓谓魂归来兮，心安矣，足见村民对桥情感之深厚矣。万安桥名之由来，村民心底视之为"福"桥也。是夜，画家创作泼墨水彩《万安桥新颜》，表达对万安桥修复之欣喜。

观桥之后，当地人说，应去柏源村看看。我询柏源村特色，谓，此村乃传统古村落，梯田更是一大景观。可观梯田？触动我的心。也许因在山区农村待过，也曾去过尤溪县联合梯田，对梯田有着特殊的情感，于是，驱车去了柏源梯田。

三十分钟左右的车程，心情随窗外的云雾变化而变化。

时而浓云锁山，时而云消见天，时而有些细雨，时而又见些阳光。担心因浓云而不见其真面目，好在天气给力，当我见到梯田时，"好美啊"，脱口而出。掏出手机留下一张张照片，总觉得，远眺近看，放大缩小，左视右顾，其景皆美。

正是四月，又是耕种时，沉寂了一冬的田地插上了秧苗，波光粼粼，错落有致，大小不一，形状各异。水田中一派温馨，远处一两位村民俯身插秧，还有几只水牛犁着田，鸥鸟盘旋，有种"采菊东篱下"的悠然。与我同行的画家，喜叹，此景美啊，画家的笔都难以表达。我又从这层层梯田中体会到，无声胜有声。此图，又如乐谱，在弹奏着乡村乐曲，曲声和静、悠扬。不是吗？眼下正是一股源头活水，叮咚、叮咚的悠扬之声，流淌而至每块田地。

村庄坐落于山谷，其景和美。村落为守望田园而建，村落又择溪畔而居。为何人称溪谷？水择低处而流，谷，低也，聚涧流而成溪。村居就是这样依田傍田，与山，与田，与林，与竹，相恋厮相守，在岁月流淌中孕育和传承属于自己的乡村人文，在风雨中厚实了地与人的情愫。

听着清幽水声，水田如镜，倒映天光云影，丰富多彩。一股清泉，如一条血脉，能够通达滋润每一块水田，让它拥有了"水田"之称呼，又有"山城田"之别名。不是吗？地若无水，只能唤之为旱地，不可谓之水田。而在把水注入每一块土地，就如人之血液在身体流淌，让人觉得充满生机与活力。而要贯通每一块水田，也见智慧。工匠精神，不止于工，农也有匠。要在这至少千余块"斗笠田"大小的田地中注入水，真可是见农人智慧。

观之梯田，想起"我在屏南有亩田"。此梯田，本已抛荒，借乡村振兴之势与粮食安全之力，以党建引领，建立合作社，土地流转，复垦重现梯田，各方支持认领"一亩田"，不仅种上粮，而且重现一处难得的自然景观，一举而多得。

回来后上网看了柏源村资料，幅幅图片，让我后悔，没有进村领略传统乡村之风韵，体会浓郁的乡村文化。不要固守"村就是如此，去了一个村子就好似去过所有村子"。我们常说，各美其美，美美与共。此憾，心中的一个痛，只能期盼下一次。

柏源村，柏源梯田，留在了心底，一个想走进，一个想再见。

悠悠水车

在修复后的屏南万安桥下游的不远处,水车悠悠地转动。与水车紧挨的是一座低矮的土房,这原本是一座碓房,在没有电的年代里,要将稻谷碾成米,这里执行第一道工序。如今,碓房已经弃之不用了,只有水车依旧在转动,成了一道景观。

这种水车,在许多乡村都曾见过。有的挨在碓房边,有的只有水车,没有碓房相依相伴。有碓房的,是历史留下的遗产。没有碓房的,多是近来为了旅游而新建的。水车从过往的生活物资蜕变成了单纯的旅游设施,一种装饰品。

看到水车与碓房,我会感佩先人的智慧,会心生对水的崇敬。农村经历了长达几千年的无电时代,水是乡村的最直接能源。先人们利用发明了这一套连动装置。渠水悠悠地流着,水车悠悠地转动,那装着叶片的横轴也在慢慢地转动,带动的锤头一锤一锤地敲捣着。这个锤头落下,那个锤头又升起,那样有序,那样的有节奏。插队所见,如今清晰地浮现在眼前,想起来依旧那样的惬意。

如今走在乡村，看到转悠的水车，心中总有些许迷茫。一套完整的生活工具被拆解了，留下了水车孤寂地转悠着。我不知道，它为什么转悠着？想了许久，似乎觉得它在诉说，在感叹，时光就是这样渐渐地流逝。萦绕于心底的声音好似一曲交响曲，如今的声音似乎单调了些，也单薄了些。

如果我有一处民宿，我会复原传统水车的功用：引一条水渠，建一处碓房，在石臼中放上些许稻谷，锤头敲打着。在碓房里放上一个茶桌，一边品着茶，一边听着水流声、水车的悠悠声、锤头捣稻谷声，这氛围好享受。

我想将石臼捣出的米，用传统的杉木蒸笼蒸成米饭，用饭汤当水煮出一锅浓浓的带着米香的汤……我有时甚至还想，选择一个溪湖畔的传统老村，复原无电时代无网络信号的"自给自足"的生活方式。这乡村，好似可以居住体验的传统乡村博物馆。拉一曲悠扬琴声，朋友们围炉品茗聊天。走在田园，采一束野花，听一听鸟鸣，踏着松软的稻田，捉一捉泥鳅，摸一摸田螺，日出而作，日落而息，在昏暗的烛光中仰望窗外星星品着咖啡，围着篝火载歌载舞……或许会有另一番的享受。

碓房的水声、转动声、捣谷声敲打我的心扉，这声音，悠长、柔绵、温馨。

夜宿民舍，溪水潺潺，水车悠悠，月夜万安桥，静静而卧，是地，好景也。

晨行村道，宿雨初晴，眺望远山，云蒸山雾漫，远山近水，是图，美奂也。

珍视田土

走过屏南的龙潭、四坪、厦地、祭下、祭头等几个村庄，古村古韵，尤其是古村的布局，给我留下深刻的印象。这几个村落几乎都依山而建，错落有致，很有层次感，成了网红村。村落有些老屋，盖在石头垒起的石基上，有的建在峭壁上，有的建在溪涧旁。还走过其他一些地方的老村庄，村落要么沿山边而建，要么建在山坳间，要么建在高山上。村庄面对着大片的平洋良田或层层叠叠的梯田。望着村庄，看看田野，百姓珍惜保护土地可见一斑。

村落是田园的守望者。农耕时代，土地是百姓的依靠，是百姓生存保障。耕者有其田，倘若家园占了田园，百姓又守望什么呢？在漫长岁月中，百姓不断地迁徙，迁徙的过程，就是寻找土地的过程，哪里有土地，哪里就在村落。

但是，随着户籍改革和城镇化步伐的加快，大批农村百姓进城务工经商，对土地的依赖性有所减弱，土地闲置撂荒。还有的地方占良田盖房，有的地方发展乡村文旅，又占用了耕地。我想，在乡村振兴中，必须发扬前人珍惜保护土地的意识，破解农民不愿意种田耕地的难题，让农民种田有钱赚，只有种田有效益了（包括规模效益），农业产业兴旺了，人们才会真正意识到土地的价值，才会有保护土地的积极性和主动性。

乡土乡土，乡因土而在，没有土地，称不上乡村。

乡村的新村民

清时名将甘国宝的祖地屏南漈下村,是屏南首个中国历史文化名村。春暖花开的四月,去了那个村庄,走在古村落中,溪水穿村而过。古村古韵,不仅引来的许多游客,还招来了新村民。他们在村里开了民宿,开了咖啡屋。我嗅到了现代气息,在赓续的绵长乡愁中隐约听到乡村变革的脚步声。

在一家咖啡屋里,来自美院的大学生们品着咖啡,讨论着他们写生的感想。吧台内,一位女孩忙着干活。女孩长得清秀可人,看上去不像是在农村长大的孩子。我问女孩是村里人吗?女孩细声地告诉我,她来自福州,是位志愿者。我有些好奇,问是什么样的志愿者。正好咖啡屋的女老板走了进来,接上话茬,他们是志愿到这儿帮忙的,自己负责他们的食宿,不给工资。老板说,报名者还不少。时间多长呢?女孩说,计划在这儿待上一个月!怎么想到这来呢?女孩说,在网上看到的,算是社会实践吧!想了解了解农村,所以就来了!我问她在这里社会实践的感觉,她说,挺好的,在帮忙的同时，也走走村庄，了解民风民情。女孩指着与她一起在咖啡屋工作的女孩说，她也是一名志愿者，比自己晚来几天。

不仅在漈下，我在屏南的龙潭、四坪、墘头、厦地、前汾溪等许多古村，也见到一大批从象牙塔中走出来参与乡村建设的大学教授，甚至是台湾同胞、海外侨胞。他们像点火者，将已濒临倒塌的老宅重新修复，在保存乡村文脉中激活了乡村，也带来了一大批来自城市的热爱乡村环境的年轻人。他们在这里开始了他们的创业，咖啡屋、啤酒吧、面包房、小超市，甚至在田野中利用老厝建起了网红图书馆，在大树下建起瑜伽馆……这些不曾有的业态落户乡村，在岁月中慢慢地融入乡村。他们是乡村建设的探索者，探索着城市青年融入乡村的可能性。他们进入乡村，带去城市的理念，带去了知识和胆识。他们潜移默化地影响乡村，这种的影响是长远的。

在城市青年进入乡村之前，就曾有大批乡村青年进城务工。在务工创业过程中，不少人成为个体经营者甚至是民营企业家，成为城市的新居民，在城市成家立业，繁衍后代。他们当中，又有一部分人事业有成之后，以乡贤身份回乡创业。他们是曾经的村民，现在的城市居民，他们的回乡，带回了以往不曾有的视野和观念。

城市青年下乡村与乡村青年进城，双向流动，双向碰撞。城市青年进乡村，将自己所长带入乡村，同时也丰富了自己的人生阅历，弥补了成长短板。笔者在墘头村见到一位软件设计师，在民宿的客厅里摆放着电脑。他说，这就是他的工作台，望着远山，看着溪水，听着鸟鸣，真是惬意。他告诉我，自己所有业务都在网络上进行，已经没有城市与乡村、远和近的区别，信息社会，时空正在转变。我问来自湖南的女子，会永远待在四坪吗？她说，不管待在哪儿，她认为这里的经历都是一笔人生财富，为今后打下了坚实的基础。

乡村振兴战略实施，必须推动乡村从传统向现代转型，在转型中，将保留乡村的魂与根，让乡村文脉得以赓续，同时也会注入乡村现代化的理念等。城市青年走进乡村，深入乡村，在走进中碰撞，既碰撞自己的思想，也碰撞乡村的文化。这种碰撞，会产生一种力量，悄悄地推动乡村变革，悄然地改变了长期生活在这片土地上的村民们的观念：秋天的柿子摘下来卖了得到的只是果实的钱，而留在树上卖的是景观的钱。

双向流动，双向碰撞，一定会碰撞出一道乡村风景线。

我体会的乡村

中华五千多年历史，城与乡从来都是一体的。农耕文明催生了都市文明，共同孕育和赓续中华文明。乡村催生城市，城市是在乡村基础上转型与扩大。在历史发展中，因为生活物资和生产物资的交换，渐渐集中了人流，催生了服务贸易。郡县制的诞生，因为管理和统治的需要，产生了县衙，县衙所在地成了县城。有县衙，就有了管理范围，于是产生了县域。

县域由城、乡、村三个层级组成，县城是县域内的城市，是城乡的接合部，是县域内各种资源和生产要素最集中的地方，对乡镇起到辐射与带动作用。城市既是城市人的家园，同时也是乡村人的家园；同样地，乡村既是乡村人的家园，同时也是城里人的家园。城乡一体，只是功能不同、特色不同，犹如一幅画，只有各美其美，才能美美与共。

在城镇化的进程中，必然会有一批农民随城镇化进程而进入城市，但是也有一批人也会随乡村振兴大潮进入农村，成为"新村民"，带去新科技、新业态。他们与坚守在乡村的村民一道，共同建设和美乡村。

乡村要有乡村风貌，体现乡村风格，展示乡村韵味。乡村最大优势在"农"，最大特色在"土"，最深的感念是乡愁。城乡融合，一体推进，分清城乡差异，把握城是城、乡是乡的定位，不把乡村建成城市的微缩版。遵循城乡各自发展规律，展现城乡不同风貌，向乡村注入需要的各类资源，将适合在乡村发展的产业移入乡村，完善乡村服务功能，推动乡村从传统向现代转型，描绘出具有县域特色的城乡画卷。

金辉中的沧桑

一缕晨阳,和煦地照在这片宅基地上,房屋已经没有痕迹,主人将它辟为菜园子。园子里生长着包菜,叶子是紫绿色的,主人正在为菜浇水。只是青石条的门框孤立地矗立在那儿,石框上堆积着泥土,长着青苔和小草,宛若一座小小的山。在宅基地边上,是一栋新建的楼房,主人告诉我,那是他盖的新房。我瞧着这座新房,已经不是土夯墙了,可墙面依旧采用土色的,透着浓郁的乡村韵味。

老宅的后边,是一座宗祠,在阳光的映照下,特别的夺目,特别的尊严。去过许多乡村,村子都有一座宗祠,色彩一般多用朱红色的。走进宗祠,便会触摸到源脉流动。宗祠,以姓区分,一个村落,多少个姓氏,一般就会有多少个宗祠。他会告诉你,这个姓氏从哪里来。倘若将这些宗祠勾连在一起,便是一个姓氏的迁徙图。

老宅基地、石门框、宗祠……沐浴着金辉,升腾着古村的生气,又让人觉得有些沧桑。这种沧桑,是岁月使然,是绵延中的沧桑。

我以为，没有沧桑痕迹的村落，谈不上古村；没有沧桑感的村落，也很难激起心中的乡愁。是否还可以这样说，乡愁因沧桑而生，因沧桑而浓？

祠堂与辈分联

许多年前,去过尤溪的桂峰村,村落依山而建,错落有致,小桥、流水、人家,古村韵味扑面而来,留下了深刻的印象。留下深刻印象的还有村落中央的祠堂。怀着虔诚之心迈进祠堂,墙上的介绍告诉我,这村的村民宋时从莆田迁徙而来,乃蔡襄后裔。他们在这里繁衍生息,世代相传,后又有些村民从这里迁徙出去,另择地辟村而居。当他们定居后,又建起祠堂,敬拜祖先,又告诉后人,他们从哪里而来,是哪一脉、哪一支。就这样,不断繁衍,不断迁徙,无论走在哪里,血脉源源不断,都可追溯。走过许多村落,在我的印象中,有村落就有祠堂。如果这个村有多个姓氏,就有多个祠堂。古田的杉阳村,如是也。望着乡村中的座座祠堂,我在想,倘若把它们勾勒连接起来,便是一张迁徙图,可以非常明晰地看到每个姓氏的迁徙路线。如果把每个姓氏的迁徙图叠加在一起,呈现的一定是纵横交错的网状图,也是一张融合图。

每一个宗祠,有如一个家族博物馆,它不仅展示每一个家族的前世今生，升腾着不息的绵绵香火，而且它还有激励后人的功用。曾经去过古田杉阳的一个祠堂，祠堂正面石阶上覆盖着青石，人只能往两边的走廊走。我不解地问，为什么把石阶给盖住，不让人走呢？他们告诉我，建祠的时候就约定，等这个家族出了状元后，再把青石打开，让状元第一个从石阶上走上供奉祖先。我说："如今已废除科举了，那高考的'状元'算吗？"他们笑了笑告诉我，不算。他们觉得，盖着比打开的激励作用更大。

这是中国农耕时代特有的产物，因为土地而迁徙，守望土地，便守望生活，便可繁衍生息。

一位朋友谈了他对宗祠的认识。她说："宗祠记录着时光在苍茫的岁月中的变迁，春烟如纱，厚重着世事，亦轻盈着年华。"

曾经去过位于闽清县省璜镇高山上的娘寨。建寨的传奇故事深深感动了我，寨子中央厅堂上的一副对联深深吸引着我。

上联是：圣应居志伯毓国苦传垂允弼洪祁；

下联为：源盛泽长克景惟其佑利用兆祥开。

这联挂于厅堂，一定有兴旺家业、繁荣家族之意，也正如横批所示："康强多福"。然令我感兴趣的，这还是一副辈分联。族里男子取名，三个字中，第一个为姓氏，这寨子人皆为张姓，那第一个字一定是张，第二字为辈分，一定从这联中取一个属于自己辈分的字,第三字才可以随意发挥,取自己喜爱且吉祥的字。依这规则取名,无论何时何地,不问是否相识,只要同祖同宗同族,一报姓名,感情一下就近了,马上就可喊一声叔,或是一声叔公。有一次,我见到了这样一种现象,一位年长者端着酒杯,毕恭毕敬地对一位年轻人说:"叔公,敬你一杯。"我不解其意,长者笑答:"没办法,他的辈分比我大。"这就是辈分的魅力。一副联,把一个家庭的长幼排得清清楚楚,不管走到哪,一报姓名,乡情族情一下涌上心怀,该喊叔还是喊侄也明明白白。

当我将这篇文章发与朋友后,朋友回复了这样一则微信:"这幅辈分对联,上联十四字,下联十四字,若按二十年一辈,合计就是五百六十年。"朋友惊叹:"了不得呀!也许这就是文化基因无比强大的缘故吧。"

乡村的宗祠,乡村男子取名的规则,让我们可以寻根问祖,可以长幼有序,可以表达礼仪。

乡村老宅上的拉扣

这是乡村一户老宅大门上的拉扣。这种拉扣，我在乡村时，时常见到，如今见到，多了几分亲切，又多了几多好奇。

我好奇拉扣的设计充满了对幸福的向往与追求。五只蝴蝶围着蝙蝠，蝙蝠展翅，"福"与"蝴""蝠"谐音，象征"五福"。中央是蝙蝠的头部，那爪子有如人的手，紧紧地拉住门的环。

我好奇这拉扣的功用。蝙蝠的头部有两个小环，拴住了一个大的铜圈，铜圈是活动的。主人离家后，手拉住这个环，可以很方便地把门带上。而客人来访时，利用这个环敲击安在门上的金属翅膀，发出悦耳的敲门声，主人听到这熟悉的声音，便知道来客人了。倘若用手叩击木门，那声音沉闷，轻叩，主人听不到，重击，显得不礼貌，只有这金属的碰撞声，恰到好处。

一个很简单的传统的装置。用时下眼光来看，没有科技含量，但它美观大方，充满乡村人文气息。

"钩心斗角"之断想

我在一个村落看到建筑物的这幅图景,美感油然而生。两个角相互勾连,如两只孔雀,相互挑逗,相互依偎,让我联想起"钩心斗角"这个成语。

这个成语,本义是指建筑的结构精巧工致,后用被来比喻各用心机,明争暗斗。从本义到喻义,从美好而到邪恶,从精巧工致到各用心机,明予暗斗,反差极大。而且今人提起这成语,几乎都视之为贬义词。

人间应当坚守美好,坚守本义。需要斗角,它是为了和谐,为了彼此呼应。建筑都是人设计的,设计中所花的精巧工致之心思,是为了让人看人更和谐、更美观,体现出更融通、更瑞祥之吉气,而这正是人之追求。可为什么到了人与人,就变得各用心机、明争暗斗呢?

我向往它的本义,因为它美好。

守望土地

走过多处的山区古村,层层叠叠、错落有致的古村风韵犹存。清晰可见的乡村肌理,青山依靠,涧水穿村,溪流绕村。村前一片平坦的田野,春时的绿,秋时的黄,冬时的空寂,一派乡村景象。拾级走在乡村小道,青石铺面,晨露的湿润油光可鉴。小路弯弯曲曲,如毛细血管,连着各家各户。如果说一个村就是一个人的身体,这毛细血管就贯通了全身,使村落充满人气,氤氲旺气。

我站在村落的高处望远处的田地,阡陌纵横,不敢说一望无垠,起码也有百八十亩。心里想着,我们的先人为什么不选择平原筑村,而选在依山之处,垒石筑基,依山形肌理而筑居呢?我曾在屏南的厦地村见过民居,那里的房屋几乎都是筑在石块垒起的地基上,有的地基有两三米高。

山村为什么如星星般散在广袤大地?这是先人寻找土地,迁徙的结果。

去过许多乡村宗祠。当地上了年纪的老人告诉我,他们从哪迁徙而来,其中有些人又迁徙去了哪里。我问老人,为什么迁徙而去。他们说，繁衍生息，这里的土地不足以滋养，又寻找新的土地，在那里定居繁衍。

听了这一席话，我理解了村民为什么依山筑居，他们是为寻找土地而来，守望土地而来，耕耘这片土地而来。如果他们在平坦土地筑村而居，那如何守望土地，如何耕耘。农耕时代，有土地就能生存，农民对土地有着特殊的依赖性，也有着特殊情感。

炉　火

冬日里，寒风拂面；旷野中，柴炉烧得正旺。炉堂中的火焰，让人觉得温暖。这不是冬天里的一把火吗？温暖在我的心间。一群人，围坐在火炉旁，品着岩茶，茶汤晶莹透红，舌间回味无穷。

望着这火，想起了儿时，上学时，春游、秋游，在溪边、湖边，几块石头垒起的灶架着铝锅，锅里沸腾着同学自带的饺子、面条。同学们有的拾柴，有的添水，围在灶前吃着。没有人攀比你带了什么，我又带了什么，食品往锅里一煮，分不清你我，留下的只是欢声笑语。

望着这炉火，就会想起秋天郊野的篝火晚会，一堆木柴架着，熊熊燃烧，大家手牵着手，跳着，唱着，有时盘腿而坐，击鼓传花，蒙眼捉迷藏，歌声、笑声充盈原野，有时静静地躺在天空，数数星星，看看萤火虫，一闪一闪的，好美啊！

望着这炉火，想起20世纪70年代插队时平整土地大会战。田野被白雪覆盖，可乡亲们依旧挑担挥锄，把错落的田整成了纵横有序的田。工地上，篝火燃起，人们的劲也被点燃了。

我静静地望着眼前的炉火，温暖而又温馨，火在燃烧，激情也在沸腾。

这火通红，好似一只火凤凰。

鸟儿和屋脊翘角

　　一场雨淅淅沥沥下着，一只鸟儿泊在老厝屋顶弯弯的翘角上，一道弧线向上，鸟儿是那样从容自在，一会儿用嘴整理自己的羽毛，一会儿昂首，笑傲苍穹。而我，却躲在了屋子里，避着这场时缓时急的暴雨，也在屋子里静静注目着这只敢于立于风中雨中的鸟儿。

　　我欣赏着鸟站立的位置那道弧线，它太优美了。翘角，一座房屋屋顶的脊梁。我曾在乡间看过连片的老厝，也曾领略过三坊七巷的老厝的屋脊与马鞍墙，还欣赏于单座古民居屋脊，屋脊的两端几乎都选择了翘角的模式，角微微向上，那角经过精心的雕饰，从这翘角中，我读到了不屈向上和吉祥的寓意，这也是我们常常说的"建筑语言"，它让一座建筑有了人文。

　　而这只站在翘角顶端的鸟儿更丰富了屋脊的向上精神，更显得鸟儿神态的泰然自若。它仿佛在风雨中歌唱，在风雨中呼唤，让暴风雨来得更猛烈些吧！当时，我这样想着，如果每座老厝的屋脊都是向下，那会出现什么样的观感？我想，那会是让人觉得有些凋零的毫无生气的景象。

　　雨在下着，还不时地刮起了风，与翘角齐高的树在风中摇动着。刚柔相济啊，树叶风中摇着，翘角丝毫不动。再细细观察翘角，平实的让人安稳，只是在离开老厝的两端微微向上，伸向苍穹，与天际相融。翘角，是一座厝子的精气神。

　　雨住了，那只鸟儿一跃而起，飞向苍穹。那翘角，依旧守望，依旧等待，不论春夏秋冬，不论晴雨，不论寒暑，总是那样昂首。老厝前的电线，宛如五线谱，翘角，是乐曲中的最激昂的音符。

花与土墙

乡村的一堵土墙，凹凸不平，带着岁月的斑驳。墙前，映山红静静开着，带着诗意，让人开着，心生几多温馨、几多浪漫。

这花与这堵土墙的组合，让人感觉别有一番新意，也让我觉得一番意外。一堵土墙，几枝映山红，再普通不过。但是，正是它们的组合，很好地表现了乡村的韵味、乡村的古朴，最能扣动埋在心底的那根弦，唤起心底的乡愁。

一堵土墙几枝映山红，简单而质朴，它让我体会到乡村的精髓。

乡村夜色中的花

夜的灯,很幽静,柔和地映在老屋的墙上,映在老屋旁的映山红,给这个静静的夜晚、静静的山村添了些许温馨。

用花装点村庄,如同一个村姑经过梳妆,给人一种别样之美。这美,吮吸村野的清气,给人随性的感觉。

花,本生长旷野之中,与村庄最近,在村庄里举目望去,山野、田野皆开着花,很少有人刻意在房前屋后、路旁溪边种植观赏的花。如今,一批新村民从城里来到乡村,重焕老厝古韵,在乡村开了咖啡屋、面包房、陶土吧、啤酒吧,将本是开在山野之中的映山红等移栽进了村落,使村颜更加美丽了。

村落中的这些花,种得有些随意。沟涧旁,小道边,房前屋后,只要有闲地就随意种上,任其生长。有的还利用荒弃的罐子种上花草。

这些花草,谈不上浓妆,好似在素颜中略施粉彩,把乡村应有的美表现到极致。

夜色中的映山红,在晚风中摇曳,几分清香扑鼻,我找一处能够观花的茶屋，一面品茶，一面赏着窗外的花。

　　花何须多，有花就好，无须花团锦簇，无须争奇斗艳。有那么三两枝，恰到好处地点缀着，不仅点美了村庄，而且点活了村庄。

灯光如眼

经历了一个阴雨绵绵、云蒸雾绕的白昼，夜幕笼罩着原野，黑沉沉的，唯有远处的村落，如一只眼，在黑夜里，透着灯火的光亮。这光亮，把云染得斑斓，让大地有了生气。

村落，是田园的守望者。百姓们与土地相厮相守，因为土地，他们安居于此，耕耘于此，收获于此，在这里繁衍生息，过着日出而作、日落而息的农耕生活。

雨夜降临，春寒料峭，寒冷雨夜的村落似乎已经进入了睡眠状态，非常的宁静。村落的灯火替代了村民，用它的光值守田园、瞭望田园。

远处的灯没有城里那般辉煌，它是那样质朴温柔。我凝望灯火，仿佛听到它对我细语。有灯火的地方就有人烟，就有生气。

我想起了苏联歌曲《莫斯科郊外的夜晚》，嘴里轻轻地吟唱着，温馨涌起。这样的夜晚，情从心动。

文昌阁遐思

一

在寿宁县下党村水尾岭头，坐落着一座两百多年历史的文昌阁，这让我有些惊诧。文昌阁一般建在县城，建在乡镇的已不多见，建在村一级的更是少之又少，而下党村的这座就是少之又少中的一个。朋友告诉我，周宁县咸村镇洋中村文昌阁也是。在我的记忆中，宋代词人张元幹的故里，永泰的月州村村头的寒光阁应当归于文昌阁一类吧。

文昌阁远眺似塔，是一种传统祭祀建筑，祭祀传说中掌管文运功名之神文曲星。以"文昌"为名，含昌明儒学之意。

下党村文昌阁建于清道光年间（1821—1850），1984年群众集资修葺，坐南向北，土木结构，八角三层，楼阁式，底层为土夯，高三米一四，边长三米四。攒尖葫芦顶，穿斗式木构架，窗扇为八角形。

农耕社会，倡导家贫子读书，地瘦栽松柏。在传统意识中，读书是摆脱贫困、获取功名的一种方式。"望子成龙"，何以"成龙"？读书"成龙"。何是"龙"？功名是"龙"。再贫再穷，也要让孩子读书，否则，愧对孩子。让孩子读书，是父母的责任；会不会读书，是孩子的天分；能不能成"龙"，那是造化。

农耕时代，耕读传家。"养身谷为宝，继世书留香。"我在乡间读到的对联是对耕读的最好诠释。"四壁书声人静后，一帘花影月明初"。这联好美，好有诗意。我是在一个乡村的老厝的窗子上读到这副联的。当初建造时，这副联被制作成了"窗花"。我走进许多乡村老宅，柱子上的对联，梁上的匾额，充满文气。我以为，乡村是自然之气与文气浸漫交融而成的。

一个家如此，一个村也如此，更何况乡村是在家庭基础上繁衍生息。随着岁月一个家繁衍成一个家族，便有了宗祠。我曾走进许多宗祠，那里清晰地告诉后人，为家族获得荣光的先贤，其中读书入仕者即是其中一类。倘若这个村落由多姓组成，便有多个宗祠，之间形成一种竞争。这是荣耀的竞争，这种竞争又会转化为对家族后人的激励。去过一座宗祠，通往主殿的石阶至今被一块石板覆盖。何也？家族有约，待家族出了状元之后再揭开，让状元第一个从主道登上主殿，祭拜祖先，告慰祖先。然科举已废，族人说，让石阶永久覆盖以激励家族学子。

在农耕社会里，是很以族里出了读书人为荣光的。平时与朋友聊天，他们都会很自豪地告诉我，族里出了哪些读书人，他们是谁。从他们的眼神中可以看出，这是他们的骄傲。

二

文昌阁，是乡村一处精神坐标，有如航道中的航标灯，起着引领教化的作用。先秦时曾参言："以修身为本。"《大学》语："致知而格物。物格而后知至，知至而后意诚，意诚而后心正，心正而后身修，身修而后家齐。"在几千年农耕社会中，耕与读相依相靠，构成了乡村的物质生活与精神生活。农耕社会也可说是耕读社会。

读是个人修身的需要，知书达礼，增智明理。读书也是家庭建设的需要，通过读书，养成好家风，形成好家训。读过许多古时家训，皆倡导以耕读为本，乃一个家族的价值观的体现。一个家庭中出了一个读书人，这个家庭会得族人的尊崇。一个家族读书人较多，就会得到其他族群的尊敬。在乡村，一个家庭的读书力，在一定程度上决定了这个家庭的

"软实力",同理,一个家族亦是。

走过许多乡村,从文昌阁中,从乡村书院中,从古厝老宅中,从宗祠中……我仿佛听到朗朗书声,感受到乡村浓郁的崇儒尚学之风,此风绵延赓续,内化于心,潜移默化地影响和造就一代又一代乡村人。

读书入仕。仕,官也。隋朝开始逐渐形成了一套非常严谨的科举考试制度。这是中国古代通过考试选拔官吏的一种制度。这种制度被认为是封建时代所能采取的最公平的人才选拔制度。它使出身社会中下层的读书人通过相对公平的考试脱颖而出成为官史。中国最早的文昌阁于明万历十三年(1585)出现在江苏省扬州市。这样说来是先有科举制度后有文昌阁。文昌阁目的是为了祭祀传说中掌管文运功名之神,保一方文风昌盛而建。也因为科举制度的产生,产生了状元文化。

读书也是乡村治理的需要。自古以来,乡村实行自治,族长在乡村自治中具有较高的权威性。一个族群的治理,既要靠家训育人,也要靠家规管人。一个村落,文风愈浓郁,越有利于营造礼治环境。维持一个乡村礼治环境的是教化,是让生活在这个村里的人知书达礼。费孝通先生在《乡土中国》的"礼治秩序"中指出:"乡土社会是'礼治'社会。""礼是社会公认合适的行为规范。合乎礼的就是这说这些行为是做得对的，对是合适的意思。"费孝通先生还在"差序格局"一篇中提道："我们儒家最考究的是人伦。伦是什么呢？我的解释就是从自己推出去的和自己发生社会关系的那一群人里所发生的一轮轮波纹的差序。""不失其伦，是在别父子、远近、亲疏。伦是有差序的次序。"要管理好一个族群，通过教化而在这个差序格局框架内自治，以达到"亲亲也。尊尊也，长长也，男女有别，此其不可得与民变革者"。乡村最好的治理就是激励读书，以读书维护差序格局，在乡村中营造尊儒崇文的风尚。

三

乡村文化与宗族文化相关联，如果单个姓氏而成的一个村，宗族文化即乡村文化。

在乡村，不只是文昌阁发挥着引领教化作用，还有宗祠、族谱同样地发挥着引领教化作用。走进一座宗祠，就是走进一座姓氏纪念馆。翻开一本族谱，就是翻开一个家族的史书，它会清晰地告诉你，这个家族有哪些为家族作出贡献、增光添彩的人，其中获得功名者的名字会永久地刻在宗祠，永远地载入族谱，成为家族的荣光，也用以激励后人。

走在乡村民宅，常可见"文魁""武魁""登科"这样的匾额，可读到"水如环带山如笔，家有藏书陇有田"这样的对联，可眺望宅院前由人们命名的"笔架峰"……这些，无不寄寓着对"耕读为本"的思想追求。"状元糕""状元薯""状元饼"可见耕读文化融入百姓的生活之中。耕读，修身，立家，立族乃古时乡村传世之道。

行走乡村，见到石柱。好奇地询问，这是干什么用的？当地人告诉我，这是用于竖楣杆用的。有学子赶考时，便会在家门口或是祠堂门口竖起楣杆，杆头上有一面旌旗。从那时刻起，家人便日日祈盼，祈盼着发榜的那一日。高中了，楣杆永久地立着。倘若落榜了，楣杆就须放倒。我们今天所说的"倒霉"，其实就是"倒楣"。可以想见，那时的学子，背负的压力。

有了科举考试，也就有了赶考路。历面试、府试、乡试、会试、殿试，每级的考试都产生了这一级考试的中考的名称，童生、秀才、举人、贡士、进士。殿试由皇帝亲自主持，产生状元、榜眼、探花。这条路，东南西北，多少学子奔波其间。闽西培田因是古时进京赶考重要驿站而兴盛。村中有这样一条三岔路，一条通往田间，一条是通向赶考路。通往田间的那条路很短，而那条赶考路同样是青石铺就，却很长，一直向着远方。

"欲高门第须为善，要好儿孙必读书。"在闽侯县上街镇厚美村的大本古厝读到这副对联。这古厝的三柱门厅墙上，至今还贴着大本公后代子孙考中秀才、举人等功名的十多张捷报。清同治皇帝钦赐"诰命"二字的漆金牌匾高悬厅堂。注目凝思，又想到了文昌阁，进而想到文庙，想到了福州文庙前的那两块下马碑，上书"文武官员至此下马"，它表达了对教育的尊崇，对文化的尊崇。

凝思中，希冀在心中升腾。

大溪头的"溪"

大溪头是村名,也是溪名。从这村名中便可猜想到,这村坐落在溪的源头,故把村取名为"大溪头"。我问村民,溪有名吗?他们摇头告诉我,习惯用村名称呼它。

大溪头村是寿宁斜滩镇的一个村,村庄傍溪而筑,依山而建,错落有致。这村处在两面皆山的峡谷之中,一条溪流如玉带在村前流淌。

大溪村是一个一百五十多户人家、千多号人口的村庄。我从斜滩镇驱车前往时,站在山顶道旁俯视村落,村就在谷底,峡谷夹着溪也夹着村,没有一块开阔的平洋,见到的是依山势而建的层层山地。村民说,过去有些山垄田,斗笠丘大小,后来,这些水田慢慢荒废了,有些种上了果树,有些种上了地瓜,有些种上了茶。论环境,这村的自然条件应当算是比较恶劣。望着潺潺的溪水,穷山恶水亦故乡,故乡的一草一木都刻于生于斯长于斯的故乡人心中,不管走得再远,飞得再高,说起故乡,都会含着泪水,满满的乡愁。

一位生于斯的乡人,她出嫁的那天,站在出村的山道上回望家乡，心中默默地说，她有能力时，一定回报家乡。十多年过去了，她搏击商海，成了一位企业家。她回来了，修路、治溪、捐资建廊桥。她爱兰花，在家乡建起了兰花产业基地。她设想以兰花种植为纽带，做长兰花产业链，推动农文旅的融合。她有梦想，也很实干，这个村里的人，大多数在外开超市，有的一个人开了二三十家，几乎成了连锁店了。村干部告诉我，这里外出的人爱村，村里需要办什么事，一声招呼，村民们积极呼应。走在村子里，路边立着几块流芳碑，记载着为村里创建廊桥、整修河道捐款的人。一个个名单汇聚的是一种情愫，涌动的是家乡的生气。

最美的应当是那条溪，这里的溪面相对宽阔，在村前拐了弯，顺着山谷一路向前。横亘溪上的廊桥，溪上的滚水坝、琴桥，袒露的沙石滩，浅浅的溪水碧绿绿的。举目远望，层层叠叠的山，青翠欲滴。这让我想起了屏南的白水洋，武夷山的九曲溪。几百年前，先人们也许就是看中了这溪流，携家带口来这里安居谋生、繁衍生息。

碧水潺流，情怀涌动，涌起一个村庄的生机。有了爱乡人，故乡便在。

山之柔美

伫立山巅眺望,群山绵延。山虽雄浑,可依偎于苍穹之下,却也温柔。天湛蓝,云轻淡,山青翠,辽阔明媚。

将图片放大欣赏,其山形线条柔和,山峦连绵,横纵交错,草绿如毯,细润似绒,晦明清晰。赏之,没有悬崖峭壁之危耸,没有飞流直下之急湍,苍穹之下,静静而卧,怡然心生。

俯视眼前,几块碎石裸露,红中带白,天然去雕饰,随性而卧,天造物也。此石色彩,美了景色。

几处房屋藏于山谷之间,寂静中添了人烟。常见古人之山水画,或是清流中渔夫泛舟;或是山道上茅舍几座,茅舍中又有几人;或是竹篱下鸡犬几只,人影虽不见,却也闻人声,知人乐。

人常谓山雄浑壮阔,充满阳刚之气。吾观此山,柔美俊秀,含着温润之性。朋友说,这山似一对情侣相偎,群山似体魄健美肌肉发达小伙之躯,草场似姑娘温柔细柔之身。这山,这草,含情脉脉。

一对情侣，正拍婚纱照，风轻扬，婚纱飘逸，花儿点缀，蓝天作证，群山祝福，应了"天生一对、地造一双"佳句也。

此地何处？闽东柘荣鸳鸯草场也。

独坐山林

树林深处,一个人坐在石凳上,听着鸟鸣,望着荷池,意境静幽。昨天,也曾来到这片林子,虽有鸟鸣,但少了人影,让人觉得有些孤寂。

我们常说动而弥静。鸟鸣山更幽,抽刀断水水更流,皆是以动说静。孤舟蓑笠翁,独钓寒江雪。独钓,更显江雪之寒。孤舟之上有笠翁,更感孤舟之寂。还有村庄,一缕炊烟缭绕在人家屋顶,这炊烟添了村子的宁静,但却不会让人心生孤寂。有炊烟就会有人气,就会有生气。

触景生情,这样的环境,最能表达闲适者的心情。闲适可以改变人对环境的认知。心愉悦了,眼中的景也是美的,心惆怅时,景也生愁。春花秋月,在许多诗人的笔下是和美的,但在李煜的词中,首句便问"春花秋月何时了",末句自问自答"恰是一江春水向东流"。春花秋月、一江春水,都成了他寄寓愁思的对象。李白在《独坐敬亭山》诗写道:"众鸟高飞尽,孤云独去闲。相看两不厌,只有敬亭山。"众飞、孤云,触景生情,有感而发。

欧阳修先生《醉翁亭记》中所说："然而禽鸟知山林之乐，而不知人之乐；人知从太守游而乐，而不知太守之乐也。"景由情生，景可生乐，亦可生忧，生愁。

各乐其乐，乐乐与共。新的一天，从乐开始，从乐出发，拥抱快乐，享受快乐。

双生石

行在坎坎坷坷的山道上，这道，怪石嶙峋，奇巧组合，生了一处处景观。仰目望着一处，两块倾斜的巨石上各有一块石头，两石之间有着一定距离。巨石之上的两块石头紧紧地依偎着，有如一对恋人，柔情地吻着。就这样，天然地形成了平衡，也成了一个石洞。眺望许久，又坐在石洞下享受着大自然的清新。我设想描述这相互依偎着巨石的几种状况：

除了刚才所描绘的依偎之外，还可以相互依靠，它们背靠背，因依靠而有支撑，故支撑产生力的平衡。依偎是爱，依靠是友情、亲情的表达。

除此之外，还有一种状况，两块石头各不让道，就这样顶着，僵持着。这也产生了一种平衡，如果哪方"礼让"了，那结局就可想而知。失顶，去了支点，一方先滚落，另一方也必然随之而去，不可能独善其身。

坚强地顶着，不退让，让两块石头得以立于巨石之上，成为观赏的佳处。

不退让，为两块石头赢得生存空间。

只要心是真诚的，心中有爱。我在它们相互依偎、相互依靠或是相互顶撞僵持中领悟。

观瀑遐思

没有一座山，没有溪流，没有沟涧。没有一座山，没有峡谷。山是水之源。

我曾在青藏高原见过皑皑雪山，雪山之下就是沟壑，流淌着冰雪融化的水。在南方我见过更多的山，青青郁郁，武夷山、太姥山、鼓山、旗山……还有最近登过的梁野山。从岩石中、从地缝中渗出的水，叫泉水。泉水出地面，成了涓涓细流，进而汇聚，有了沟涧。其汇入深峡，沿峡奔腾而下。在一座山中，有峡谷便可望见溪流。

深峡中的水，是任性的，经年累月地流淌，淌出了一条路，冲去了覆盖其上的泥土；经年累月地流淌，使两岸岩石百态尽显。水从峡谷高处来，如勇士般义无反顾地向前，遇断崖，跳跃而下，遇陡峭，贴石而越，形成瀑布，宛若银河落九天。平缓处，山水低吟，其声悠悠。林间穿梭，可见鱼儿潜游，可见小鸟欢鸣，如是夏日，更有蝉鸣入耳。峡谷中的溪涧，就是这样，时而激越，时而平缓，在激越与平缓中走出峡谷，又汇入了另一个更大的峡谷。不是吗？金溪、富屯溪、沙溪、剑溪、大樟溪……哪一条溪不是从绵延群山的山谷中川延而来。

水善处其下，方可汇百川、纳沟壑，方可聚万千泉眼，成滔滔之势。我又想起了林则徐先生的"海纳百川，有容乃大"。海何以能纳百川，何以有容，海居海平面之下也。哪日，海平面高过了现在的陆地，那陆地就成了海，原来的海就成了陆。懂留居其下，才能有容，从而纳百川。

水如此，人呢？

明　媚

雨后初霁，景色分外的明媚。

明媚不是单纯，不是海天一色，蓝天中没有一丝云彩，山腰间没有半点云雾，不是阳光把大地染得一片金晖。我以为，那样有些单调。

眼前的这番景色明媚。它的色彩丰富而通透，青绿的山缭绕着淡淡的云雾，蓝蓝的天与洁白的云交织，天蓝得通透，给人通灵的感觉。云也浓淡相宜，有的淡如羽毛。树影在湖波中轻轻晃动，树影婆娑，那一处被冬寒浸染的树林在阳光映照下金碧辉煌。我从高处望着这番一碧如洗、一尘不染、通透而空灵、平淡而多姿的景象。

我静静地望着这景色，慢慢地品味明媚的含义。明媚可以洗心，可以在通透而空灵中平复浮躁的心。

角　度

　　碎石铺路的小道，与天相连，宛若天路。

　　那天，去了政和佛子山，下山之后，拾级而上，便是公路。同行者步履飞快，先我登上了石阶，站立于公路旁，紧随其后的我拿相机，将之定格，便有了这幅图像。

　　当我登上公路，映入眼帘的是另一番景色。这是公路的拐弯处，从这里一眼望去，是一条长长的峡谷伸向山外，峡谷两边，青山翠绿。一条公路，一端从这里通向山口，另一端在这里拐个弯，沿着坡蜿蜒向上。

　　只是二十多米的石阶，它的斜度恰好遥对峡谷，面对苍穹，石阶与蓝天融成了一体，让人望了，宛若登临"天路"。

　　不同的位置、不同的视角获得不同的拍摄效果。

　　拍摄如此，看问题呢？人说，换个角度看问题，换位思考，也许也就是这个理。

逆光之美

面对阳光，拍下一张逆光的照片，享受着逆光之美。

柳杉、楼宇、山影深沉，与天际形成反差。从摄影的角度来说，逆光拍出的影像看到的只是一个轮廓，或许说只是一个大概。然而，我有时却喜欢逆光拍摄，喜欢逆光拍摄出的色彩，喜欢线条的轮廓。它没有顺光时表现得那样清晰透亮、细致入微、丰富多彩，可我总感到它的色彩虽简单但不单调，它以深沉的色彩表现出的丰富，给人想象的张力。我拍下这照片时，仿佛听到柳杉告诉我：顺光与逆光，只是你看待事物的视角不同罢了。你面对太阳看我，我成了逆光；倘若你背对太阳看我，你见到的是披着金晖、色彩丰富、韵味多姿的我。

顺光与逆光，是拍摄者的选择。

逆光中的线条柔和优美，你可以尽情想象，可以走近探个究竟。从这线条中想象这座古村落，我顺着碎石小道走进：炊烟正缭绕于古厝屋顶，鸡鸣声此起彼伏，还有鸟鸣声。一个村落，有顺光，泛着金晖，有逆光，有着深沉，顺逆交错着，散发着古韵。

逆光之美，含蓄之美，朦胧之美，简约之美。

美在瞬间的光影有如水墨丹青

天色微明时，拉开厚厚窗帘，推开窗子，望着星空，台风天的天象映入眼帘：浓云像泼墨似的，一团团簇拥着，每一团都如墨分五韵一般，浓淡相宜，晶莹碧透。虽是浓云，却不似往日风雨将临时黑压压的，让人有些透不过气来。

浓云之中，有一片蓝天，恰似一扇天窗，大约有半小时光景，我的眼睛始终盯着这扇天窗，像欣赏艺术作品一样，欣赏着天窗呈现出的一幅幅图画，享受光影之美带给人的梦幻般的意境，不时地将瞬间图景定格于手机之中。

虽是浮云，此时成为永恒的画面，本是虚无，此时却是实实在在的存在，这是大自然的创作。

似在参观一个美术作品展。每幅作品，都有着不同的画风。有的浓墨重彩，有的简捷舒朗。有的如传统水墨画；有的又如漆画，堆金贴银；有的还如版画，刀法明快，干脆利索。有的抽象，有如抽象派的画作；有的具象，可以看到田野、山川、河流，可以领略到花开、草繁。这些作品风格迥异，似出自不同艺术家之手。

静静地望着天窗，调动我的想象力去捕捉每一幅意象。天工造物，天工也造美。大自然巧作天工，神来之笔。神来者，光影也。我所观影的方向，正是晨阳升起的地方。晨阳从鼓岭山头跃出，开始了穿梭云间的旅途，时而被浓云掩得严严实实的，时而又穿梭云淡处，把淡云染得金辉，时而映在蓝色的窗上，宛如挂在浩瀚的海洋之上。每一幅画，在眼帘中停留都不到一分钟时间，用"须臾"或"片刻"形容一点都不为过。我所定格的这些作品，可以称之为"美在瞬间"的作品。这些作品只有类似而不可全似，从这个意义上说，这些天象，今日可见，明天绝不重现。

其实，每一幅定格的作品，都是欣赏与创作融于一体的。苍穹浩瀚，我在浩瀚的天空中去捕捉，去发现，尔后迅速地调整摄影倍数。所定格的这些作品，没有一幅是按1∶1的倍数拍摄的，大多数用了三到四倍，有的甚至将图景放大了七倍。浩瀚苍穹，不可能满天皆秀色。它们的美，可能就是天际的某一点，需要你去发现，并且把最美的部分采撷下来。

天象之作，是光影之作。"光影"二字，光在前，影在后，似乎在告诉人们，有光才有影。同时，每一幅作品又是光与影的结合之作。光的角度、强弱决定影的晦明、浓淡。我观察许久，一日之内，最美的光影应当出现于早晨或黄昏。

这时的光是柔和的，角度是倾斜的。光的辉映，把云也染得绚烂多彩。在我的印象中，天际色彩最浓烈的就是台风来临前，云卷云舒，其势壮阔。我定格的这些天象之作，正是台风来临前的晨光对云晕染后所表现出的天际之美。记得前夜，正在散步，月儿在云中穿梭，在云薄处，月亮镶在云中间，把云晕染得如同冰花。

我相信，无论是阳光，还是月光，都可以把苍穹绘成一幅幅精美的画作。尽管天际有时看起来是乌云，可乌云也是光的作用的结果，在黑白之间，也会有素淡之美、黑白之雅。

在大自然中，白日有日光，夜里有星光。有时，阳光宛如月光，闲适地行于云间，朦朦胧胧。月光有时如炬，记得曾经拍摄过一张月光的照片，朋友说："好似洞穴，一束火光。"有光，大自然就丰富，就生动，就灵动。大自然就可以扣动我的心弦。

……

莫道浮云虚幻，都曾留迹苍穹。且行且珍惜。

随祖杰镜头看风景

——欣赏《行摄随想》随笔

中秋、国庆"双节",人们走到户外,踏秋、赏景。而我,独处书房,闲坐案前,静静地翻阅着祖杰的摄影作品集《行摄随想》,以图养眼,以文润心,这节过得丰富充实。

祖杰用"行摄随想"作为书名,我以为,起得好。行,走也。这些作品皆是祖杰行走间的采撷,足迹之广,区域之大,有南国的秀色,也有大漠的雄浑,有皇家的金碧辉煌,也有乡村田野的质朴……行是摄的前提。所以行走,因为摄影。每个摄影者都是美的采撷者。他们行走大地,聚焦山水园林、人文古迹,用镜头定格,使之成为永恒。"随想",是作品集的"亮点"之处、一道特殊光影。我翻阅这本书,既欣赏也读。对摄影作品来说,我是欣赏;而对于诗作来说,我则是读。可无论是欣赏还是读,都让我沉浸其中,陶醉其中。

坐在案前,一页页地欣赏他的摄影作品,一百多幅作品,内容十分丰富。"神州掠影""大地猎奇""家园寻美"

"追日脚步"四个篇章。"神州掠影"篇中，展示了壮阔的神州，北国冰雪、江南小桥、黄河长江、大漠孤烟、江海湖草……有些地方，我也曾踏足，也曾见过，但在他的镜头之下又有别样的风韵；有些地方，未曾去过，欣赏过他的作品，撩起了我心中的欲望，涌起了去一睹那儿景色的冲动。祖杰是个勤奋的行者，是一个善于发现美、捕捉美的行者。有人以为，摄影是一件信手拈来的事。其实不然，每一幅作品的得来，都是摄影者艰辛付出。比如，在"追日脚步"篇章中，祖杰从2011年开始，在元旦这天"追日"，去做一回夸父，追赶太阳的身影，要把太阳的美丽，呈现给朋友。欣赏这些表现日出的摄影作品，我感动于他的坚持，感动于他的付出。我曾计算过太阳升起整个过程的时间，两分三十七秒。人们还在梦乡中时，他必须披着晨星、赶个早集，迈出他的追日脚步，把美丽的太阳送给朋友，表达他的新年祝福。

　　欣赏祖杰的摄影作品，是一种艺术享受。"摄影师只有更好地观察眼前的世界，才能描述一个更美好的世界。"祖杰的摄影作品，呈现给我们的就是基于他更好地观察眼前的世界而展现出的更美好的世界。他在凝神观照和忘我的境界中与他的摄影对象对话，把握其艺术生命的内涵。他把镜头聚焦大自然，以一种寻美之心寻找大自然的灵性、秀气，呈现给人们明媚、柔和、幽静、恬淡、朦胧的大自然。清丽的昆明湖、腊月的未名湖、伸向大海的山海关、秋天的神农架、桂林的山水、霞浦的滩涂……在他的镜头下都别样风姿。在"大地猎奇"篇章中，祖杰以猎奇之心去发现奇，挖掘奇。这个奇，源于大自然，客观存在，如"嶙峋怪异的石""似龟的岛屿""小城郊外的山包""玉华洞的鬼斧神工"。我理解他所说的奇，其实是他善于捕捉和发现大自然的魂。表现大自然的魂，这个奇，能够引起欣赏者的心底共鸣。我欣赏祖杰的摄影作品，看到了祖杰对生活的热爱、对美好的向往、对大自然的钟情。他把自己的人生态度、自己的情感融进了他的作品中。

摄影是表现光影的艺术。祖杰通过捕捉光与影的碰撞与交织，赋予摄影作品以灵魂，让有温度的色彩触碰心灵，表达出他的情感。光影瞬息万变，可遇而不可求，哪怕是一片云掠过，光影都会发生变化。一天的时间里，日出与日落的光影最丰富、最绚烂、最柔和。祖杰的许多作品都表现晨阳初升和黄昏日落，或是披着金晖银晖、色彩明快，或是弥漫在云雾之中，朦朦胧胧，宛若仙境。有些作品，婆娑倒影，勾起人们的无限遐思。欣赏祖杰的摄影作品，我被作品中的光影所吸引，沉浸于光的意境，陶醉在光的曼妙。

欣赏祖杰的摄影作品，宛如享受一场视觉盛宴，而读他的"随想",则又宛如享受精神大餐。祖杰用诗来诠释他的摄影作品,升华他的摄影作品。苏轼在题赞王维《蓝田烟雨图》中言:"味摩诘之诗,诗中有画;观摩诘之画,画中有诗。"苏轼的这句话,我以为也适用于摄影作品,因为摄影和画一样,都是以图表现的视觉艺术。诗与他的摄影作品相得益彰。如在《九龙谷》中,祖杰写道:"没有九鲤飞瀑的狂洒\您甘居下游\静默的\让人能聆听到湖心搏动\九龙出谷\汇入润泽万民之湖\无私功德\为世人高歌。"在这诗行中,我读到了祖杰情感的流淌奔腾,读到了他对家乡的挚爱。这些诗,是他真情道白,其情也真,其意也浓。

  静静地读着《行摄随想》,如同品茗,余甘在喉,余味犹远。

遇到就是缘分

　　一张在三明北往福州的动车时速两百五十公里时拍下的照片。我真不知这是何地的村落，只知道春天黄昏的阳光映照的这片景象很美。

　　欣赏着这张照片，我在想着，如果不是动车，我可能不会踏足此地，不会看到这番景象。许多景象，只是可遇不可求。我喜欢清晨或是黄昏，追着太阳去看景色。我喜欢在飞机上脸贴着窗子看景色。有一次乘机，我在风雨中赶往机场。飞机腾空时，我看到天际间的那缕阳光，看到了天际间的斑斓色彩，我将手机靠着舷窗，拍下一张又一张照片，定格成为永恒。

　　看到了，就是收获，虽是匆匆相遇，匆匆一瞥，但映于眼帘，映于脑海，可以成为永恒记忆，将景定格，可以与人我享。

　　什么是机遇，看到了亦是机遇。动车为我看到创造了机遇，是机遇就要抓住。

　　大自然有万千景象，不可能让你一一遇见，尽管你想方设法走遍名山大川，然还是无法览尽。但是，相遇了，就得欣赏，错过了，也许此生不再相遇。

遇到就是缘分，观景如此，处事亦如此，是缘分，就要珍惜。

图书在版编目(CIP)数据

寻找行走的诗意/陈元邦著. —福州:海峡文艺出版社,2025.1
ISBN 978-7-5550-3973-0

Ⅰ.I267

中国国家版本馆 CIP 数据核字第 20256RQ414 号

寻找行走的诗意

陈元邦　著

出 版 人	林　滨
责任编辑	朱墨山
出版发行	海峡文艺出版社
经　　销	福建新华发行(集团)有限责任公司
社　　址	福州市东水路 76 号 14 层
发 行 部	0591－87536797
印　　刷	福建东南彩色印刷有限公司　　邮编　350008
厂　　址	福州市金山浦上工业区冠浦路 144 号
开　　本	880 毫米×1230 毫米　1/32
字　　数	157 千字
印　　张	8.5
版　　次	2025 年 1 月第 1 版
印　　次	2025 年 1 月第 1 次印刷
书　　号	ISBN 978-7-5550-3973-0
定　　价	42.00 元

如发现印装质量问题,请寄承印厂调换